想象另一种可能

理
想
国
imaginist

回望：一个经济学家是如何长成的

张维迎 著

海南出版社
·海口·

图书在版编目（CIP）数据

回望：一个经济学家是如何长成的 / 张维迎著 . -- 海口：海南出版社，2023.1

ISBN 978-7-5730-0823-7

Ⅰ.①回… Ⅱ.①张… Ⅲ.①纪实文学—中国—当代 Ⅳ.① I25

中国版本图书馆 CIP 数据核字（2022）第 199838 号

回望：一个经济学家是如何长成的
HUIWANG: YIGE JINGJIXUEJIA SHI RUHE ZHANGCHENG DE

作　　者	张维迎
责任编辑	余传炫
特约编辑	孔胜楠
封面设计	陆智昌
内文制作	陈基胜

海南出版社　出版发行

地　　址	海口市金盘开发区建设三横路2号
邮　　编	570216
电　　话	0898-66822134
印　　刷	山东临沂新华印刷物流集团有限责任公司
版　　次	2023 年 1 月第 1 版
印　　次	2023 年 1 月第 1 次印刷
开　　本	635mm × 965mm　1/16
印　　张	21.5
字　　数	222千字
书　　号	ISBN 978-7-5730-0823-7
定　　价	76.00元

如发现印装质量问题，影响阅读，请与发行部门联系：010-64284815

序 言

在收入本书的大部分文章写成之前,我不曾想到会有这本书。我只是偶尔觉得自己心中有一股东西要流淌出来,流淌出来的,只是一篇篇文章,没想到它们会汇成涓涓小溪。

我生长于陕北黄土高原一个偏僻的小山村,19岁那年离开农村去西安上大学,读的是政治经济学专业,本科毕业后读研究生,研究生毕业后到国家体改委工作,后来又去英国牛津大学读博士,1994年回国后到北京大学任教至今。现在大家称我为"经济学家",但在很长的时间里,我并没有意识到我的经济学与我的农村背景有什么关系。我的一些朋友和熟人甚至怀疑我不是从农村走出来的。有一次,一位朋友问:"你真的是土生土长的农村人吗?"我说:"是啊,你为什么问这个?"他说:"农村可以出作家,但不大可能出经济学家。"

2008年五月初三，我母亲过世了。母亲目不识丁，但一生最敬重的是教书的先生。在她心目中，"老师"是非常神圣的称呼。这或许对我的职业选择产生过潜移默化的影响。母亲经常说的一句话是"人活眉眼树活皮"，我觉得这句话是对经济学家讲的"声誉机制"的最好概括。母亲过世后，我写了《我的母亲》一文，没想到这篇不到6000字的文章，感动了无数人，包括普通读者，也包括我的经济学同人。好友杨利川说："这篇文章是张维迎的道德情操论。"他曾这样对我说："如果说，一个经济学家的理论的真诚出于他的朴素的感情，出于对基层民众的热爱，出于他的人文理念，也许很多人不信，但你真的是这样。"

我写母亲的文章，不仅是出于对她的怀念，也是想表达一份歉疚。母亲活着的时候，我很少陪伴她。她给我的很多，我给她的很少。母亲去世的前一天，我本来是可以回去的，但因为当天要谈一笔给光华管理学院的大额捐款，我把工作放在她之前，就推迟了一天回去，结果没能见上她最后一面。这是我终生的遗憾。遗憾，是因为决策失误。决策之所以失误，一个重要原因是，我们经常搞不清楚不同事情的轻重缓急。

没有了母亲，我把对父母的爱全部集中于父亲一个人身上。从此之后，每年春节，我都会和父亲一起过。每隔一段时间，我就会回去看望他，也曾几次带他出去旅游，最远到过新西兰的南岛。与父亲接触的时间越长，我对他的爱越深。我觉得父亲是有大智慧的人，如果能识几个字，一定会有大出息。他不识字，对我最大的好处是，他不知道我在写些什么，也就少了些担惊受怕。父亲从小爱栽树。回想起来，我在经济学文章中讲的一些经济学寓言和人生哲理都与他的树有关。他曾给我讲过一个"吹湖"的故事，我从中悟出治学之道是"功到自然成"。2020年十月初一，是父亲九十大寿，我写了《父亲九十》一文，讲了父亲对我的成长的影响。

母亲去世后，我回老家的次数多了，与小时候的发小和朋友见面也多了。有一次，霍玉平到我家聊天，聊的过程中，我发现他不时咳嗽，我问他是不是得了什么病，他说是当油漆工（画匠）时间长了，可能油漆中毒了。玉平是我小时候最要好的朋友。他一生坎坷，让我难以释怀。他有艺术天赋，本有希望成为一个画家，但命运让他只能当一个油漆工。我如果没有考上大学，命运可能还不如他，因为我连油漆工的手艺也没有。《发小玉平》一文，讲的既是玉平个人的命运，也是我对国家命运的关切。

霍东征上小学时与我同桌，我是班里的尖子生，他是学习成绩最差的学生，但我们俩关系要好。几年前他当了村主任，让我对他刮目相看。我发现他是一位很有企业家精神的村主任，而企业家精神是我过去几十年研究的主题。他自己贴钱为村民干事，很让我感动，我就写了《村主任霍东征》一文。没想到这篇文章还帮了他的忙，让他梦想成真，我也有了更多的机会参与家乡建设。

我在成长过程中得到许多人的帮助，我作为经济学家的所思所想受到很多人的影响，虽然这种影响可能是潜移默化的，难以言说。在这些人中，有我的中学老师、大学同学，也有我在农村时的领导，还有我工作后结交的朋友。其中有些人不时在我的脑海里浮现，我忍不住就把他们的故事写了下来，这就有了《时雨春风李务滋》《同学田丰》《公社书记曹志勤》《命运多舛刘佑成》《非典型官员王六》《挂面书记和柳青作品收藏家》等文章。

当然，我能走上经济学研究之路，最重要的是我遇到了几位杰出的导师，特别是西北大学的何炼成老师和诺贝尔经济学奖得主詹姆斯·莫里斯教授。他们不仅教给了我经济学知识，而且培养了我的治学精神。杨小凯先生虽然不是我的正式导师，但他与我亦师亦友，给我打开了一扇新的大门，我的经济学观点深受他的影响。可以肯定，没有他们，我肯定不会是今天的样子。我写他们，既是出于对他们的感谢，也是邀请他们继续激励我、监督我，虽然他们三人都已入天堂。

如果说现在的我是一幅画，或明或暗，或深或浅，19年的农村生活就是画的底色。没有这种底色，我将不是我。如果说现在的我是一棵树，根就深深扎在陕北的黄土地中，这块土地虽然贫瘠干燥，但我一直能从中汲取营养，因为我的根很深。没有了根，我将会枯萎。《我的中学岁月》和《我所经历的三次工业革命》有助于读者理解这一点。

小时候我做梦也想不到自己会成为一名经济学家，但现在人们都说我是一名经济学家，并且有自己的独特见解。所以说，人生是一连串的偶然。至于偶然中是否包含着必然，我不知道。真的不知道。

这本书讲的是土壤的故事、园丁的故事，不是树的故事。

张维迎

2022 年 7 月

目 录

我的母亲　　　　　　　　　　001

父亲九十　　　　　　　　　　017

发小玉平　　　　　　　　　　039

村主任霍东征　　　　　　　　053

东征还是村主任　　　　　　　073

公社书记曹志勤　　　　　　　095

非典型官员王六　　　　　　　109

挂面书记和柳青作品收藏家　　133

同学田丰　　　　　　　　　　165

命运多舛刘佑成　　　　　　　183

时雨春风李务滋　　　　　　　209

经济学启蒙恩师何炼成　　　217

诺奖得主詹姆斯·莫里斯　　227

给杨小凯的一封信　　　　　249

我的中学岁月　　　　　　　267

我所经历的三次工业革命　　281

人生是一连串的偶然　　　　309

我的母亲

母亲没有自己的事业,她唯一的事业就是儿女。她所做的一切,都是为了儿女。与天下所有的母亲一样,母亲爱她的每一个孩子,她把她所有的爱给了我们。

母亲目不识丁,但格外敬重读书人。在读书人中,母亲最敬重的是教书先生。在北大校医院住院时,护士和医生有时尊称她『薛老师』,她很不自在,几次与我提及此事。因为在她心目中,『老师』是非常神圣的称呼,不可用于她这样目不识丁的普通人。

母亲遗照(冯东旭摄)

（一）

母亲走了，永远地走了。时间是 2008 年农历五月初三下午 2 点 50 分，离端午节还有两天，离她老人家 73 岁生日还有整整半年。母亲早走了两个多小时，没有让我见上她最后一面。此为我终生遗憾。

母亲去世前几天，姐姐与我通电话，说母亲已不愿意下炕，但病情与之前相比并没有显著恶化。姐姐问我什么时间可以回去一趟。我说学期很快就结束了，结束了我就回去。因为家乡的窑洞里收不到移动信号，姐姐打电话必须站在院子里，我也就没有办法与母亲说几句话。我本以为她还有一段时间的人间生活，一定会等我回去。但她，没有等。

母亲在临终前也没有催我回去。只是在她去世的前一天，清晨 5 点，姐姐打来电话说父亲希望我回去一下，我突然预感到母亲真的快要走了。因为这一天工作上已经有些安排，晚上还要主持一个重要讲座，我问姐姐第二天回去是否可以，姐姐说不急，晚一两天没关系。我取消了之后几天的工作安排，第二天早晨7点开车从北京出发，下午5点到家。一下车，周围气氛凝重，弟弟低声对我说："你回来晚了。"我就这样失去了最疼我、爱我的母亲。

母亲对自己的离去是有预感的。去世前几天，她曾对父亲说，看来她熬不过去了，等过几天老院子的大门修好了，吃了合吉（龙）糕，她就走。她在这个院子里生活了几十年，含辛茹苦把儿女拉扯大，希望在她即将离开人世的时候，看到修缮一新的大门。她还嘱咐父亲把土院子用水泥硬化一下，这样下雨天走起来就不会泥泞。这也是她一贯爱好（美）的表现。

但母亲早走了四天，没有看到新修的大门，没有等到吃合吉糕。

我不知道母亲为什么走得这么急，没有兑现自己的承诺，也没有留下什么遗言，但我清楚她临终前没有催我回去见她一面的原因——怕耽误我的工作。在母亲的心目中，没有什么事情比她儿子的工作更重要了。她几次到北京看病，来时就很不情愿，来了没几天就嚷着要回去。她的理由很简单，一是心疼花我的钱，二是怕耽误我的事。为了安抚她，我常常不得不把很贵的药说得很便宜。即使这样，她仍然唠叨我赚几个钱也很不容易，不应该在她身上花这么多。有一次我生气了，脱口而出："你再唠叨我就把钱都烧了！"母亲流泪了，她觉得说这样的话不吉利。这令我内疚不已。

母亲没有文化，没有办法理解我现在做的事情，但她知道我很忙，忙的是"大事"。我无须向她解释什么，无论每次回家看她，还是在她于北京住院期间去病房探望她，都是来去匆匆，她看得出来。在她住院期间每次与她告别时，我说"妈，我走了"，她总是一句话："你忙你的去吧，不要担心我。"她从来不问我在忙些什么。即使我一天都没顾上去病房，她也不会叫我过去。

母亲不是不想我。事实上，她非常希望我一直在她的身边。只要我在她身边，她的情绪就显得好些。但她不想耽误我的事。只是在住院的最后几天，她有点反常。有一天早晨5点不到，她就让姐姐打电话要我过去。我赶快起床去病房，她说她很难受，如果不是怕我分心，真想放声大哭。她说要马上出院，回村里去。我哄她说，再治几天就好了。当天上午9点我有课，8点半与她告别时，她问："你为什么那么忙？就不能多待一会儿吗？"母亲的反常给我一种不祥的征兆。

母亲走了，留给我的只有思念。她是一位普普通通的农村女性，目不识丁，但在我们儿女的心目中，她是世界上最伟大的母亲。

（二）

母亲17岁时与父亲结婚，生过八个孩子，其中三个幼年夭折，

1980年春节全家合影（田丰摄）

长大成人的有我们兄弟姐妹五人：姐姐、我、两个妹妹、一个弟弟。与天下所有的母亲一样，母亲爱她的每一个孩子，她把她所有的爱给了我们。

母亲没有自己的事业，她唯一的事业就是儿女。她所做的一切，都是为了儿女。

在那个生活困难的年代，把五个孩子拉扯大本身就不容易。但母亲吃苦耐劳，勤俭持家，无论生活多么艰难，总是想办法让儿女吃饱肚子，穿得干干净净，在人前体体面面。村内老小都夸奖她是一个会过日子的人。

记得在我很小的时候，母亲与村里同龄妇女一起做针线活时喜欢唱当地的山曲，那一曲优美动听的《兰花花》我至今还记忆犹新。但自我上小学后，再没有听到过母亲的歌声。她不唱了，可能是看到儿子大了有些不好意思，也可能是生活的艰辛使她失去了唱歌的兴趣。

为了儿女的成长，母亲吃过太多的苦，受了太多的委屈。记得有一年春天，青黄不接，父亲因为是党员不能搞"投机倒把"，解决吃饭问题的责任就落在了母亲身上。夜深人静的时候，母亲起身离开家，天蒙蒙亮的时候背回了一斗高粱。这一斗高粱是她用还长在地里的小麦青苗从邻村换来的，比价是1:1.1，即春天借一斗高粱，夏天还一斗一升小麦。她为此爬山下沟，摸黑走了近10里的路。那是一条到了晚上连男人也不愿走的路。

父亲在修国防公路和引水（黄河）上塬工程领工期间，母亲虽然身体不好，但必须干男人们才干的苦力。担水送粪，掏地背庄稼，修梯田打坝堰，没有她没做过的农活。家里人口多劳动力少，为了多挣几个工分，少欠一些粮钱，母亲承包了为生产队饲养四头牲口（毛驴）的任务。这四头毛驴是生产队最重要的生产工具，耕地、运输全靠它们，必须精心照料。

农忙季节，母亲白天上山干活，收工后铡草拌料，夜里还要起来四五次为牲口添加饲料，睡眠时间很少。我当时不懂事，母亲和姐姐没日没夜地干活，而我总是帮着别人家干活，不管自己家的事情,好像我是母亲为别人家生的儿子。但母亲从来没有责备过我。父亲回家后有时会为此训斥我,母亲总是护着我。她说,只要别人说我好她就称心如意。每当想起这些,我心里就不是滋味。

母亲心地善良,热情好客。小时候家里生活困难,一年难得吃上几顿白面,但家里来了客人,母亲总是以最好的饭菜招待。所以上面来的干部派饭时,都喜欢被派到我家。即使因"犯错误"被"下放"到村里的干部,母亲也热情招待。

1974年,村里来了十几个插队知青,母亲觉得他们可怜,逢年过节家里吃一顿像样饭的时候,她总是请他们一起来吃。而且,越是家庭困难的知青,她越疼爱,越照顾。母亲入土时,有七个当年的知青驱车几百里来为她送行。

母亲好面子、重名节,请客送礼,从来都做得很大方,生怕别人说自己小气。她经常挂在嘴边的一句话是"人活眉眼(脸面)树活皮,不要眉眼剥树皮"。为了生计和供儿女上学,家里不时得向别人借钱,但一旦家里有欠债,母亲就难以入眠,总是催父亲尽快想办法还债。

为了还债,母亲曾两次决定卖掉她结婚时陪嫁过来的旧衣柜,这是当时家里唯一值钱的东西。只是因为我和弟弟的阻挠,这个衣柜才没有卖成,得以保存至今。第一次,是我的泪水感化了买衣柜的人,不忍心把它搬走。第二次,是弟弟用擀面杖赶走了买衣柜的人。

但母亲几次成功地迫使父亲卖掉还没有长大成材的树木，而只要晚卖两三年，就能卖出高得多的价格。

母亲还变卖了她结婚时戴的一对银手镯。那是她唯一的饰物。

从我们懂事起，母亲就教育我们要与人为善，做诚实正直的人，不干偷鸡摸狗的事，不要占别人的便宜，也不能占公家的便宜。

人民公社吃大锅饭时期，生产队的粮食就放在我们家，但母亲没有多吃过一粒。所以村里人都知道，公家的东西放到我们家最安全。"文化大革命"初期，村里乱得没人管，许多小孩子成群结伙，砍集体的树木背回家当柴烧，但母亲绝不允许自己的孩子干这样的事情。而当我把自家的萝卜和梨拿去喂学校的兔子时，她不仅不责备，而且引以为豪。小学一年级时，当听说我把捡到的一把裁纸刀交给老师后受到表扬时，母亲还专门为我做了一顿好吃的奖励我。

由于母亲的言传身教，我们兄弟姐妹五人从小就在村内老小中有很好的口碑。我11岁时就成为全公社的"好人好事标兵"，被挑选出在三级干部会议上给几百人讲自己的"先进事迹"。

母亲心直口快，不会对别人耍心眼，不搬弄是非，不在背地里说别人的坏话，也不妒忌别人。每当别人家有什么好消息，她总是很高兴。所以村内老小都喜欢她。

母亲不记仇，但谁对她有恩，她会牢记一生，有恩必报。

（三）

母亲目不识丁，但格外敬重读书人。在读书人中，母亲最敬重的是教书先生。记得小学二年级的时候，语文老师将同班一位同学的恶作剧错怪于我，打了我一巴掌，有同学将此事告诉了母亲，母亲说："老师打学生，天经地义！"

村内小学的老师，都受过母亲的热情招待。这并不是因为她想让老师照顾我们兄弟姐妹。即使在我们都长大成人，不在村小学里读书时，母亲仍然是这样一如既往地对待老师。在北大校医院住院时，护士和医生有时尊称她"薛老师"，她很不自在，几次与我提及此事。因为在她心目中，"老师"是非常神圣的称呼，不可用于她这样目不识丁的普通人。

母亲对我们管教甚严，但并不把自己的意志强加于儿女。我17岁高中毕业后回村务农，同公社一个生产大队要聘请一位民办教员，选中了我，每月40元的报酬，这在当时相当于一个公社正式干部的工资。父母非常想让我去，除了经济原因，还怕我干农活太受罪。但我当时一心想着"广阔天地大有作为"，不愿去。对方派人到我家请，父母把铺盖也准备好了，还请来人吃了一顿饭，但临行前，母亲见我眼泪汪汪，就对父亲讲，孩子不想去，就别去了吧。父亲也就遂了我的心愿。但后来看到我在农村受苦时，母亲又后悔当时没有强逼我去教书。

母亲为儿女操尽了心，但从不愿意儿女为她操心。在我上大学期间，母亲有一次去赶集，从拖拉机上摔下来，在炕上躺了两个多月，但她一直不让家里人写信告诉我。在过去几年里，她身体不好，但我打电话问她时，她总是说自己很好，要我别担心。

五个孩子中，母亲对我最疼爱。她对我的偏爱是那么理直气壮和不加掩饰，姐姐、妹妹、弟弟们好像从来就没有产生过任何妒忌之心。

母亲最疼爱我的一个原因是，我是家中的长子。母亲有着非常浓厚的重男轻女思想，在她心目中，儿子永远比女儿重要。所以，当我到学龄时，她让我上学，而比我大两岁的姐姐则因为要帮助她做家务活、照料妹妹，延缓了学业。小妹妹曾开玩笑说，妈妈总是把最好吃的东西留给儿子，最难做的事情留给女儿。这话一点不假。弟弟与我相差11岁，当他出生时，我在母亲心目中的地位已是牢不可破，之后也一直享受着先出生的优势。

母亲最疼爱我的另一个原因是，从小到大，我的学习成绩一直很好，她总是听到别人夸奖我，觉得我为她争了脸面，让她脸上有光。我考试后拿回的奖状，她总是整整齐齐地贴在墙上。但母亲自己从不在别人面前夸奖我，因为在她看来，儿子是别人夸的，不是自己夸的。

小时候我嘴馋，经常会偷吃母亲为喂养幼小的妹妹准备的馒头饼子（当时买不起奶粉），母亲即使知道了，也不闻不问，好像这里面本来就有我的一份。而每次家里来客人吃饭，母亲总是多做一份，让我陪客人一起吃。所以，我特别喜欢家里来客人。姐姐和妹妹从来没有享受过这样的待遇。

母亲是个坚强的人，但为我流过不少眼泪。记得在我上小学的时候，有一天中午放学回家没有饭吃，母亲说："孩子，你如果实在太饿，就去自留地摘几个嫩南瓜，妈给你煮煮吧。"摘完南瓜回家的路上，天下起了雨，我滑倒了，一篮子嫩南瓜满坡乱滚，小腿上被石棱划了一个两寸长的口子，流血不止，白生生的骨头也露了出来。母亲哭了，哭得那么伤心。这个伤疤至今留在我的腿上，成为永久的纪念。

我13岁那年的暑假，因为生计所迫，母亲很不情愿地同意我到60里外的引水工程打工，干的活是凿石放炮，非常危险，常有工伤事故发生。我走时母亲泪流满面，一个月后我平安回来，母亲又哭了。她哭，不仅是因为高兴，更是因为心疼。

自幼母亲就对我充满信心，对我的前途好像比我自己更有预感。听说在我两三岁的时候，村里来过一位算命先生，一见到我就对母亲说，这孩子长大一定有出息，至少当个县长。算命先生或许只是讨好她，但母亲却很当真，或者说很愿意当真，一直把这句话记在心上。所以无论家里生活多么拮据，她一心供我上学。而且常对我讲，我上到哪里，他们就供到哪里。

我读初中时,有一次在去学校的路上,我们一起步行的几个孩子爬上了一辆过路的拖拉机,其他孩子因为有熟人说情,坐上走了,而我被开拖拉机的人拉了下来。晚上回家后我伤心地哭了,向母亲诉说了自己的委屈。母亲说,孩子,别哭,咱不坐拖拉机,以后坐"小卧车"。

记得考大学那年,母亲对我说,你一定能考上。正月十五过后,大学的录取通知书都发过了,很快大学也开学了,我自己已经彻底绝望,开始上山干活。母亲曾为我考上大学时能酬人而留了一些萝卜和软糜子,我建议卖了,还上欠生产队的粮钱,但母亲就是不卖,说还要为我上大学准备着。后来扩招,我真的收到了西北大学的录取通知书。母亲高兴得流泪了。母亲是对的。如果没有母亲的预感和耐心,家里不可能在农历三月中旬还能招待全村人吃上一顿米糕烩菜。

大学四年期间,每次假期回家,我都用省下的助学金买一袋子白面、一箱子挂面带回去,希望改善一下父母的生活。但母亲总是用来改善我的生活,在我在家期间用各种方式把我带回来的白面和挂面吃完。

自19岁那年上大学之后的30年里,我与母亲在一起的时间很少。但她时时刻刻都在挂念着我。每次回家看父母,我都不敢事先告诉母亲。因为告诉了她,她就会几天几夜睡不着觉等着我回来。我到家了,她高兴得睡不着。我走后,她又想念得几天睡不着。为享受见到儿子的快乐,母亲以牺牲睡眠为代价。

(四)

母亲50岁前,家道贫困,为养育儿女,省吃俭用,吃不上自己想吃的东西。在生命的最后10年,儿女都长大了,本来不愁吃不愁穿,但因为有糖尿病,她不能吃她喜欢吃的东西。父亲说,母亲没有"吃禄"。

母亲脾气不好,爱着急,当受到不公正对待时,她就会憋着一肚子气,久而久之,就憋出了病。母亲的病,与她的性格有关。

母亲活了73岁,我没有给她祝过寿。但我知道,她不会抱怨。

母亲在世时,我总觉得自己尽了孝心,但她走了之后,我突然觉得有太多的遗憾。如果当时把手头的事情推掉,多陪陪她老人家,会少一些遗憾。当然,我知道,如果我那样做,母亲会更加不安。

农历五月十一上午,按照老家传统的习俗,母亲入土为安了。开春以来,家乡久旱无雨,土豆和谷子都过了播种季节,因为缺雨,不能下种。但母亲刚刚入土,天空乌云密布,电闪雷鸣,大雨倾盆而下,连降三天,行路也难。

母亲下葬后,发小们步行送我去十里外坐车(冯东旭摄)

村里人说,母亲积了德,老天爷在为她哭泣!

[初稿写于2008年6月8日晚,修改于2008年6月18日晚。全文曾发表于《英才》杂志(2007年第7期),缩写版曾发表于《中华读书报》(2008年7月9日)。收入本书时,作者做了文字修订。]

父亲九十

父亲从小喜欢栽树。我曾问父亲：为什么其他人不栽树，就你喜欢栽树？父亲说，树是需要人伺候的。父亲栽的树对我家的生活和我本人的成长有着特殊的意义。我从树的故事中悟出许多经济学理论和人生哲理。

父亲曾对我说，你现在不愁吃不愁穿，人家领导不喜欢的东西你就不要写，千万不要惹麻烦。我对父亲说：「爸，你放心吧！为了你活过一百岁，我不会惹麻烦！」

50岁时的父亲（田丰摄）

（一）

父亲今年九十了，耳不聋，眼不花，精气神十足，广场溜达时，偶尔还会跟着秧歌队扭几圈大秧歌，聚会时经不住众人起哄，就亮开嗓子唱一段陕北民歌。

但爷爷病故时，只有30岁。所以我觉得，寿命与基因关系不大。

爷爷死时，父亲只有12岁，下面还有三个妹妹，最大的7岁，最小的1岁，奶奶虽年轻，但长着"三寸金莲"的小脚，无法下地干活，也算不上利索女人，父亲一下子就担起了养活全家的责任。当时村里已搞过土改，家里有几亩地，父亲天生能吃苦，脑瓜也灵，人又实诚，没几年就成为远近有名的好庄稼汉，熬了个好威信，到结婚年龄，家里虽穷，还是娶到了来自殷实人家的母亲。外祖父看重的是父亲的人品。

当时的农村，孤儿寡母免不了受人欺负，特别是同家族人的欺负。爷爷死后不久，家族的几位长者就逼着奶奶改嫁，但奶奶放心不下几个孩子，没有立马顺从。直到母亲过了门、大姑和二姑出嫁后，奶奶才带着三姑改嫁到50里外的绥德农村。之后，父亲每年正月去看一次奶奶，我小时候走的最长的路就是跟随父亲去看奶奶时走的那条路，那是一条从吴堡县出发，穿过佳县，再进入绥德县的山路，中间要爬几次山，我走累了，就得父亲背着。

父亲16岁那年，正值榆林城解放之际，需要农民工到前线抬担架，村里分配到三个名额。即便抬担架，毕竟要在枪林弹雨中奔跑，还是有生命危险的。按理说，父亲是"独子"，这事摊不到他头上，但国民党政府治下的村公所偏偏派他上前线抬担架。当时的村长是父亲没出五服关系的爷爷，也正是他当年逼着奶奶改嫁。父亲的外祖父可怜自己的外孙，怕他丢了命，七凑八凑借了6块银圆交给国民政府，才把父亲赎了回来。

农村人起名，同一辈分人的名字里有一个相同的字，这样，从名字就可以知道一个人的辈分和族人的长幼排序。父亲是他那一辈中，唯一无法从名字读出辈分的人。原因是，辛庄村张姓家族没有固定的辈分谱，通常是年龄最长的起名后，其他同辈的人跟随。父亲是他那一辈中最年长的男性，起名"福元"，但没有人跟随"福"字起名，他之后的同辈人都用了"建"字。到我这辈，我是最年长的，起名"维迎"后，其他同辈人的名字多从"维"字了。父亲说，我比他有出息。

但不知为什么，父亲小的时候，村里的外姓人都不欺负他。不仅不欺负，还关照，所以他的异姓朋友很多。父亲的朋友圈，也影响到我小时候的交友。我的小朋友中，异姓孩子多于同姓孩子。

（二）

父亲是一个有领导才能的人，在村里人缘好，也有很高的威信。合作化一开始，他就出任村干部，先后担任过生产队队长、生产大队队长、大队党支部副书记、村党支部书记等职务，也多次受命领导过公社的工程队。在每一个岗位上，他做得都可圈可点，有口皆碑。他处理矛盾，情、理、法兼顾；他办事公道，努力做到一碗水端平，从不偏三向四，更不私仇公报。村里人对他的评价是：务实，不贪，办事公道，敢承担责任。

父亲担任生产队队长时，队里曾偷偷开过瓜园，种了些西瓜和甜瓜到集市上卖，给队里搞点副业收入。说"偷偷"，是因为按照上面的说法，这是搞"资本主义"，不被允许。我曾随父亲照看过瓜园，晚上睡在庵子里，每当此时，我可以大饱口福，但父亲只允许我吃熟过火或被野兔、松鼠糟蹋过的，也就是没法卖出去的瓜。遗憾的是，瓜园也就开了两年，到第三年，公社来的干部把瓜苗拔了，只好再种晚作物。秋收的时候，队里会搞承包，也就是把庄稼包给个人收割，按亩记工分（类似计件工资），这样不至于把庄稼烂在地里。这事上面的态度是睁一只眼闭一只眼，不提倡，也不禁止。

父亲是有大智慧的人。他多次对我说过，世事变化无常，今天对的明天不一定对，今天错的明天不一定错；今天富的人明天不一定富，今天穷的人明天不一定穷。所以，为人处世，不能太势利，一定要凭良心，千万不能做亏心事，因为只有良心是不变的。

"文革"期间，因犯错误被发配到村里的下乡干部，都成了父亲的好朋友；从渭南发配来的魏姓医生，居然和他成了"拜把兄弟"；村小学有些学生结伙造老师的反，父亲严令禁止我参与，说：老师永远是老师！村里有"富农成分"的人，还有一个"历史反革命分子"，父亲不仅不歧视他们，而且对他们抱有极大的同情。

从父亲的例子中，我得出一个结论：防"左"并不难，只要遵从良心就行。良心是防"左"的天然疫苗。

队里有个社员霍常金，是有名的石匠，但不安心干农活。他老婆是个神婆，有病在延安治疗，他向一些村民借了些布票去延安偷偷倒卖，赚点路费，走时也没有请假（请假肯定不被批准），生产队就把他的口粮扣下了。夏天他回到村里，家里没一粒粮食，队里有余粮，父亲决定把口粮分给他，但遭到了大队党支部书记王世招的阻拦。队长要给分，支书不让分。在双方争吵不休的时候，霍常金就把已经装好的一袋子粮食扛走了。支书曾是吃国库粮的干部，原则性强,就打电话给公社书记,说霍常金盗窃仓库。公社马上就安排了批判大会,但霍常金没有到场,另一个批判对象逃跑了,会没开成。公社副书记专门来到村里调查此事,在我们家吃饭。父亲说:"霍常金外出不请假、借布票倒卖,这都是事实,但说他盗窃仓库,不对。应该分给他的口粮不给他,又要他下地干活,他没办法,只能如此;是人总得吃饭,否则会饿死,你们要批判就批判我,不要批判霍常金。"公社副书记听了父亲的话,不仅没有批判霍常金,反倒训斥了大队支书:"如果饿死人,你们谁负责?"类似的冲突,父亲和支书之间发生过多次,其原因,用父亲现在的话说,是"他'左'我'右'"。

但在我的印象中,父亲和王世招的私交还是不错的。"文革"开始后,王世招成了村里的头号"走资派",村里很多人站出来批斗他,有仇的报仇,有气的出气,很快就把他赶下了台。但无论会上还是会下,父亲从始至终没说一句话。王世招比父亲大一岁,48岁病逝。病逝的前几天,父亲专程从几十里外的工地跑回来看他,俩人聊了很长时间,依依惜别。我高中毕业回乡务农期间,王世招的儿子担任大队党支部副书记,对我很关照。可惜,他后来因车祸身亡,死的时候也是48岁。

1972年,霍常金从县引水渠工程承包了一段工程,大概是念及父亲曾经对他的好,允许我暑假期间在他的工地打工。我打工一个月,赚了52元钱,中秋节那天,霍常金冒雨把工钱送到我家。那年我13岁，正在上初中一年级。

1969年，父亲被选为大队革委会主任，但他执意要去一百里外的国防公路（现307国道）工程跟工。他想去跟工，一是工程上能吃饱饭，二是也可以给家里人省下点口粮。工程以公社为单位组织施工，全公社工队为一个营，下设三个连。父亲去后第一天垒灶台，第二天被任命为二连二排排长，第三天又被任命为二连连长。当连长活轻，每顿九两玉米面蒸的圪梁（长条窝窝头）。吃不完，父亲就把剩下的晾干保存起来，回家探亲时带给家里人吃。所以，父亲每回家一趟，我就可以饱食几天。

父亲所在工程的主要工作是凿石开路，每次上百米的路段20多个炮眼同时炸裂，工伤事故时有发生。父亲出发前，母亲哭了，怕再也见不到父亲了。父亲说，这是母亲为他哭过的唯一一次。同村去的另一位社员王居升，有文化，曾在西安工作过，担任三连连长，一次放炮炸石，一块拳头大的风化石砸在了他的脸上。父亲送他去医院抢救，他的命保住了，但鼻子没有保住，政府给他在县医院安排了个炊事员的工作，后来又安排在乡卫生所卖药，算是对他失去鼻子的补偿。王居升的儿子现在是西安有名的外科医生，他学医与他父亲有关。

我读高中时，父亲是大队党支部副书记，村里的插队知青就是父亲去县城接来的，他对他们的生活做了精心安排，还经常请他们到家里吃饭，知青们现在还念叨他的好。

我高中即将毕业回乡时，村党支部换届选举，父亲没被选上。有人说父亲落选是因为我要回来了，这里自有农村的道道。公社书记说，这个人大队不用，公社用，就安排父亲到县黄河引水上塬工程领工。直到我上大学的头两年，父亲一直在工程上。我第一次暑假回家，中途下车先到工程总部所在地看望父亲，发现他在那里生活得像个公社干部。

人民公社解体后，生产队没有了，父亲准备捡起他的老手艺——弹棉花。我小时候见过父亲用梳棉弓弹棉花。"文革"初期，父亲和他四舅及另一个人合伙买了一台梳棉机，在离我们村25里的佳县螅镇镇上租了一孔窑洞，每到赶集的时候就去镇上弹棉花。每次干两天活，每人可以赚到三四块钱，这在当时算一笔不小的收入。可惜好景不长，后来开展"割资本主义尾巴"运动，他们的生意就做不成了。1980年，我暑期回家，发现父亲把那台梳棉机从镇上搬回家了，他高兴地对我说，包产到户了，又可以弹棉花赚钱了。但父亲的预测完全错了。没过多久，村里人都开始买衣服穿，没有人纺纱织布了，连棉花也没有人种了，他的老手艺也就废了。

1993年，父亲62岁时被选为村党支部书记，我当时还在牛津读书。当村支书三年，他为村里干了两件事，一是打了一口水井，解决了村民生活用水问题；二是给村里拉上了电，解决了村民的照明和电气化问题。村里通电后，石磨和碾子都不用了。拉电的钱是我向几位朋友筹集的，但有几个村民说不拉电，要分钱，父亲不许，还闹了不小的矛盾。

1996年换届时，父亲又高票当选，但他坚决不干了。

父亲不干了，也是我的坚持。为拉电的事，他差点被人打。我不想让他再受别人的气。农村是一个很复杂的社会，什么样的人都有。没有能力的玩不转，有能力但心地善良的人很有可能自己吃亏。父亲属于后一类。

父亲当村干部期间，没有占过公家的便宜，倒是为招待下乡的干部贴过不少顿饭。人民公社时期返销粮、救济款的分配，我们家总是排在同类家庭的最后。这一点，连母亲有时候也愤愤不平。

但80岁之后，父亲倒有机会得点好处了。父亲是1949年之前入党的老党员，现在每年能拿到一万多元的"老党员生活费补助"（包括节假日慰问费）。全村（及全乡）有这种资格的只有两人。父亲很满意，说差不多够他的酒钱。父亲每晚睡觉前自斟自酌二两白酒，多不喝，少不行，很有原则。

父亲是个乐观的人。春播季节，久旱无雨，许多村民都不愿下种，结果耽误了时节，但父亲总是按时节下种，他说，老天爷总会下雨的。在"读书无用"盛行的年代，他仍然借钱供我上学。他说："等有用了，就晚了。"2009年和2016年，父亲动过两次手术，手术前躺在手术台上，他还和大夫开玩笑，手术后麻醉一过，他又和

父亲在唱陕北民歌

大夫说说笑笑。大夫说,很少见到这么开朗的病人。

父亲是个乐和(hu)人,爱耍笑,说话风趣幽默。任何地方,只要他住上几天,总能结交几个聊得来的人,他离开后,大家都会想念他,问他什么时候再来。2010年在上海参观世博会时,他和陪同他的朋友打了一辆出租车,他在车上唱起了陕北民歌,司机爱听,聊得开心,自告奋勇跟着他们,跑前跑后,还和他们一起吃了晚饭。晚饭后他以为司机回家了,没想到,司机自掏腰包在酒店住了一晚上,第二天一大早就把早餐送到他房间,又自愿为他开了一天车,坚决不收钱。

（三）

父亲从小喜欢栽树。父亲说，全村就两个人爱栽树，他是其中一个。当然，合作化之后，树只能栽在屋前屋后，或不适合耕种的沟沟洼洼，那属于无用的"公共荒地"，谁栽的树归谁所有。我曾问父亲：为什么其他人不栽树，就你喜欢栽树？父亲说，树是需要人伺候的，我勤快。

我很小的时候，父亲就领着我认树，"这棵树是咱家的""那是别人家的"。村里有一小沟、一大沟，成丁字形交汇。小沟就在我家窑洞坡下，沟里的树大部分是父亲栽的。大沟里的树也有不少是我家的。1971年生产大队在大沟上游打坝堰，一下子就掩埋了我家20多棵还没有成材的树。那时候，没有什么赔偿。

父亲栽的树对我家的生活和我本人的成长有着特殊的意义。家里人多、劳力少，每年下来都要欠生产队大几十块的粮钱，不是卖粮就是卖树。卖树的钱也是家里日常开支和我上学用钱的重要来源。当时，一棵树能卖二三十元，最高的卖过40元。有一次父亲外出，村里来了买树的，母亲就自作主张卖了一棵。父亲回来后说，卖便宜了，母亲难过了好几天。

每卖掉一棵成材的树，父亲就在原来的地方再栽一棵小树。当然，这是指水桐树。柳树不同。柳树树干上长十几根椽子，有首陕北民歌中唱道"青杨柳树十八根椽，心里头有话开口难"，"十八根椽"就是这个意思。橡子是箍窑顶的好材料，也可以做门窗格。父亲卖柳树，只卖橡子不卖树干，这样卖了一茬，过几年又长出一茬，可以继续卖，就像从银行取利息一样。

1980年家里修了三孔新窑，做门窗用的木材全部来自父亲栽的树。

除了木材树，父亲也栽果树。我上小学时暑假的大部分时间，都在自家的杏树和红果树下度过，这让我至今对杏和红果有特别的偏好。我曾挑着杏（或红果）到邻村卖过，但由于害羞，不愿叫卖，不是很成功。

家里的红果树在一个比较偏僻的犄角旮旯，果实快成熟的季节，需要有人照看，一是防止松鼠糟蹋，二是防止人偷摘。但我做得也不成功。我中午回家吃饭，饭后再回到果树下时，总会发现果子不是被人偷过，就是被松鼠啃过。学过博弈论后我明白，这种情况下我应该用"混合战略"，即随机监督，让想偷果子的人不知道我什么时候会出现，但我当时用的是"纯战略"——我以为我在监督别人，其实是别人在监督我。现在一些政府监管部门犯着跟我当年一样的错误，所以监督难以达到预期效果。

父亲对自己的树有着很深的感情。前几年他和一位邻居发生了纠纷，因为一棵榆树的产权归属问题。父亲对此一直耿耿于怀，我每次回家看他，他总要跟我唠叨这事。我说，爸呀，这树也不值几个钱，他说是他的就让他拿走吧。父亲很恼火，说这不是钱的问题。

父亲栽了一辈子树，第一次见到这么粗的树

我相信父亲说的是实话。去年村里搞填沟工程，小沟里的树都得砍掉，其中一多半是我家的。村主任在电话里和父亲商量补偿问题，父亲说不要补偿，你们把砍下的树堆放整齐就行了。村主任办事心急，用铲土机把树铲得乱七八糟，把我家的树和别人家的混在一起，父亲就当作笑话给我讲。

当然，父亲不在意补偿，也与树木现在不值钱有关。自20世纪90年代后，农村人用木材，多选择进口的加拿大木材，质量好价格又低；本地木材卖的价格，连人工砍伐和运输的成本也难以补偿。不独木材树，果树也一样。20世纪80年代中期，父亲栽了一大片苹果林，他信心满满地说，等挂果之后每年可以有不少收入，没想到，挂果后没几年，果子根本卖不出去，没人照看也不用担心谁会偷。看到红红的苹果烂得满地，父亲也懒得再打理了。去年村里平整土地，推土机轰隆隆把一大片果树连根拔掉了。

父亲说，自己栽了一辈子树，因为村里搞土地平整和填沟工程，自己的树被砍光了，现在变成了"光杆司令"。说这话的时候，父亲有些伤感。

（四）

父亲小时候没有机会上学，自己的名字能认得但写不出。父亲曾对我说，如果自己稍微识几个字，凭能力，十有八九吃公家饭了。我说，爸啊，如果你吃了公家饭，我肯定不是你的儿子了。

不识字被人低看，父亲一直对此难以释怀。有次到集镇上卖粮，对方知道他没文化，给少算了几毛钱，父亲说你算错了，对方说没错，父亲坚持说错了，僵持了半天，对方最后不得不承认确实算错了。从此之后，这个收粮人再没有算错父亲的粮钱。

父亲对我上学寄予厚望。记得三四岁的时候，我发现家里柜子里有一支墨水笔，就拿出来玩。父亲看到后厉声斥责道："这是为你以后上学准备的，现在不能玩，玩坏了以后上学就不能用了。"大概在1964年"四清"期间，有天晚上我在睡梦里听到父亲对母亲说,"今晚会上我把水笔的事说了,明天就交了吧。"后来我知道,原来,生产队曾买了几支笔,每个队干部一支,父亲当时是保管,虽然不识字,也分到一支,想留着我上学时用。运动来了,父亲担心这属于经济问题,就上交了。

我小时候挨过父亲不少打,其中两次与上学有关,我至今记忆犹新。第一次是我到了上学年龄,第二天就要报名,我哭着喊着说不去上学,父亲很生气。当时我坐在门槛上,面朝里,父亲在门外,一脚就把我踢到三米远的后脚地。第二天我就乖乖报名上学了。

另一次是我小学一年级的下学期,父亲买回几种不同的菜籽,包括白菜籽和萝卜籽,装在不同的小白布袋里。白菜籽和萝卜籽肉眼看上去区别不大,为了避免下种时搞错,须在布袋上写上菜籽的名字。这样的事过去他是找识字的叔叔做,但现在自己的儿子上学了,他觉得应该由儿子写。他也想看看儿子上学是不是学到了点真本事。吴堡话"白"发音类似"撇"(pie),如白菜叫"pie菜",白面叫"pie面",瞪白眼叫"瞪pie眼",等等。父亲要我在一个袋子上写"pie cai",我说:"爸爸,'pie cai'就是白菜吧,我会写白菜,不会写'pie cai'。"父亲很生气,说:"什么白菜,'pie cai'就是'pie cai'。你这一年学给老子白上了。"说着就打了我一巴掌,把我打哭了。第二天,小学老师告诉父亲我是对的,"pie cai"就是白菜。父亲向我道了歉。从此以后,父亲就比较相信我说的了。

开学需要报名费,母亲总是催父亲早点准备,但父亲从来都是不慌不忙，直到报名的前一天晚上才去借钱。我不知道父亲是胸有成竹，还是一筹莫展。倒是从来没有误事。

父亲没文化，但记性好，喜欢给我讲故事。当然，他讲的故事全都是从别处听来的，有些故事讲过多遍，基本上都是"好人有好报，坏人跑不掉"之类的。但有一个故事比较特别，好像是在去探望奶奶的路上讲的，让我实在忘不了。故事情节大致如下：

> 很久很久之前，有位老父亲送儿子到山里拜师学艺。学徒期是三年，中间不能回家。老父亲把儿子交给师傅后，就走了。老父亲走后，师傅把徒弟领到一个湖边，告诉徒弟："从今以后，你每天要做的事就是趴在湖边对着湖水吹，吹上三年，湖水能翻过来的时候，你就算学成了。"徒弟信以为真，每天一大早起来，就老老实实按师傅说的做。但一年半过去了，看到湖水还纹丝不动，徒弟泄气了，不辞而别。
>
> 儿子回到家里，老父亲非常生气，说你真是个没出息的东西，学徒期还不满就跑回来，这算怎么回事啊！儿子也很沮丧，闭着眼睛长叹了一口气，就再听不到屋里有任何动静了。睁开眼睛一看，发现父亲不见了。他一声叹息，就把老父亲不知吹到哪里去了。

我相信，父亲给我讲这个故事的时候，他自己并没有理解其中的含义。我当时听了，也就咯咯一笑，好玩而已。但从牛津大学毕业后，我开始悟出了这个故事包含的哲理。到北大当老师后，我经常给学生讲这个故事（好多年不再讲了），我想告诉他们的是：功夫是不知不觉中练出来的。读书、做学问，就像这个徒弟吹湖，需要信念，需要耐心，持之以恒，功到自然成，不要急功近利，不能每天都想着有看得见的效果。

自上研究生后，我有时反倒庆幸父母不识字。如果他们识字的话，一定会看到我写的文章，免不了为我担心，会告诫我这不能写，那不能写。这样的话，为了不让他们为我提心吊胆，我写文章时就会谨小慎微，锋芒全无。但随着新的通信技术的使用，这个文盲屏障现在不完全有效了。

三年前的一天早晨，我还没有起床，突然接到父亲的电话。父亲很少主动给我打电话，除非有特别的事情。父亲在电话里说，听说有人把我告了，他一整夜都没睡着。

原来，在北大国发院召开的有关网约车管理政策的研讨会上，我做了个发言，批评了有关部门和出租车公司维护既得利益的倾向。随后，三十多家出租车公司联名给北大领导写了告状信，我一笑了之，北大领导也没做任何反应。但告状信被放在网上，我姐夫看到了，告诉了父亲，父亲就紧张起来。我反复给他解释我没事，他还是似信非信，直到我专程回去一趟，见到我确实好好的，父亲才放下心来。

我与父亲在自家的谷地（冯东旭摄）

父亲说，你现在不愁吃不愁穿，人家领导不喜欢的东西你就不要写，千万不要惹麻烦。

这让我想起另外一件事。1989年夏天，有人说看到一辆拉犯人的车从绥德路过，我就在车上。这话传到村里，传话人说得活灵活现，父亲在焦虑中抽起了烟。在这之前，他从来没有抽过烟。我小的时候，父亲在自家窑前坡地种过烟草，但只是为了卖几个零花钱，自己舍不得抽。

看到父亲这么大年纪，还要为我操心，我感到有些内疚。我现在倒希望父亲是一个文化程度很高的人，这样，即便我有个三长两短，被污名化，他也能理解我。

我对父亲说："爸，你放心吧！为了你活过一百岁，我不会惹麻烦！"

（注：父亲生于1931年十月初一，2020年虚岁九十。本文中其他年龄是周岁。）

（2020年8月17日定稿，曾发表于《榆林日报》2020年11月13日第6版。）

后 记

2021年农历二月十四晚11：30分许，父亲身体不适，瞬间撒手人寰，享年九十一岁（虚龄）。

父亲算高寿之人，但他老人家走得太猛了，让他所有的子孙和亲人们悲痛万分，至今难以接受这个事实。熟悉他的亲戚、朋友、村民们，对他的离世，也备感震惊！一个朋友在得知父亲去世的消息后，说："惊得我都无语了。"

2020年十月初一，我们在榆林为父亲做了九十岁寿辰宴，参加的人除了他的子孙和亲戚，还有不少他的熟人和朋友，以及我的朋友，其中有些是从北京、西安、太原、重庆等地专程赶来的。生日宴上，父亲红光满面，精神抖擞，三个小时，腰板挺得直直的，毫无疲劳迹象。他跟随民歌手丁文军即兴演唱了《赶牲灵》，震惊四座。

他唱歌声音高亢，中气十足，情感丰富，让所有在场的和看过视频的人无不惊叹：这哪像一个九十岁高龄的人！

九十寿辰宴会后，他告诉我，他本来准备了一首《祝酒歌》，自己编的词，但我们没给他机会。我说："爸，你怎不早说啊？但别难过，等你百岁生日宴会上再唱吧！"

无论就身体状况还是他的精气神看，我一直坚信，父亲能活到一百岁。但他突然就离开了我们，离开了亲人、朋友、熟人，没有说一句告别的话，去了另一个世界。

父亲的前半生是苦难的，但后半生是幸福的。他是在一生最快乐的时候，离开人世的。

父亲一生做得最不好的一件事，就是走得太突然了，让我们兄弟姐妹都来不及反应。哪怕他得上不治之症，住上一天院，让我们在病床前服侍他几个小时，或者至少让我们觉得他并不完美，我们心里也会比现在好受些。我知道，父亲是不想连累我们。他自己的后事所需要的东西，他自己早就准备好了。但他这么不辞而别，给儿女们带来的悲伤太大了！

父亲走了，他的音容笑貌不时浮现在我的眼前。回顾父亲的一生，我感慨万千。如一首歌里唱的：这辈子做他的儿女，我没有做够；央求他下辈子还做我的父亲！

安息吧，亲爱的爸爸！我们还有重逢的一天！

（2021年7月1日）

发小玉平

每次回榆林见到玉平，我不由得想：假如当年高中毕业时他没有去当兵，而是回乡当农民，1977年恢复高考后，以他的文化水平，很有希望像我一样考上大学。如果能考上大学，玉平或许能成为一位有名的画家，或者成为一名公职人员。但是，如果那样，他就只能有一个孩子。

1978年5月，我与玉平在西安大雁塔合影留念

不是亲兄弟，胜似亲兄弟

玉平姓霍，与我同村异姓。他生于1955年，长我4岁，比我早一年上学，但从小学到高中，一直是我最要好的朋友，母亲曾说，我俩比亲兄弟还亲。

玉平家住霍家崖，我家住张家湾，中间隔着一道二三百米深的乱石沟。

虽然隔着一道沟，两家的窑洞在同一水平面，直线距离也就两百来米,听得见声音瞭得见人。我站在自家的硷畔上喊几声"玉平"，他一定从他家的窑洞里跑出来。我们隔空拉话，只是发声要比面对面时高一些，晚上能听到回声。

村里的小学在张家湾，离我家窑洞脑畔只有三四十米。我家有两孔窑，一正一侧。记得我上小学的时候，每天早晨，玉平总是先

左边是霍家崖，右边是张家湾

到我家侧窑的脑畔上叫上我，然后一起去学校。课间休息时，我们在一起形影不离，连上厕所也不例外，同学们嬉笑说我们俩"好得像穿着一条裤子"。

上初中是在离村5里远的枣林峁中学，要爬过一座山，玉平家的窑洞就坐落在半山腰。冬天去学校上学，我得顶着满天星星出门，在我走过那低一脚高一脚的乱石沟的时候，玉平总是站在他家的硷畔上等着我，向我喊话，让我免除了黑暗和寂静带来的恐惧。有时候，我会头天晚上到他家吃晚饭，和他在一个被窝里睡觉，第二天早晨再一起去学校。他父母待我非常好。

在我上初一那年的暑假，我们俩和同村的几个小伙伴一起去了60里外的辛家沟水利工程打工。当时我13岁，玉平17岁。工程是同村一个工头承包的，任务是炸石砌渠，非常危险，常有工伤事故发生。但有玉平和我在一起，照顾我，父母也就少了一些担忧，我也没有感到害怕。工地上，他抡锤打炮眼，是重体力活，我负责打扫炮眼、装炸药、送饭，是轻活，但他总是抽时间帮助我干活，让我免受工头的批评。

我们住在离工地有两三里的景家沟村一村民的窑洞里。我离家时，母亲给了我一元钱，有一天我发现自己压在铺盖下的一元钱不见了，怀疑是住在一起的一个伙伴偷走了，玉平就直接找这个人问，对方觉得冤枉，就吵了起来。事情闹到工头那里，工头很恼火，决定把我们几个小伙伴都打发回家，我们只能灰溜溜地卷铺盖走人。

但回家的路走了不到 5 里，玉平叫我休息一会儿，等其他人走远了，他说："跟我回工地吧！"原来，工头事前悄悄告诉他，等他姓人离开后，霍姓人可以偷偷返回，并要他把我也带回来。工头姓霍，所有姓霍的都是自家人，他得罪不起。我虽姓张，但工头说我父亲对他有恩，他不能忘恩负义。这样，玉平就带我回了工地。打工一个月，我赚了 52 元，玉平赚了 78 元，在当时是很大的一笔收入。

我上初二的时候，玉平以优异的成绩考上高中，去任家沟中学读书了。他那一届，是那"史无前例的十年"里，唯一通过考试从初中升高中的一届。任家沟中学是全县三所完全中学中最好的，离我们村有 80 里。从此，学期期间我和玉平只能书信往来。他是第一个给我写信的人，也是第一个我给写信的人。他在来信中总会讲一些高中生活的新鲜事，让我对高中生活充满了憧憬。

1974年春，我被分配到县城宋家川中学（现吴堡中学）读高中。第一次远离父母，刚开始非常孤独寂寞，我就向玉平写信叙述我的乡愁。当时为了照顾住校的同学回家过周末，吴堡的三所中学都实行"大周末"，即连续上12天课，把两个周日调在一起。但由于没有公共交通，像我们这样离家太远的同学，即便"大周末"也不容易回家。第一个"大周末"，我就步行20多里到任家沟中学见玉平，白天陪他出板报，晚上钻在一个被窝里，聊到天明才入睡。我俩商量出一个办法，就是我转学到任家沟中学读书，这样我们就可以在一起了。

但转学的事被在县城工作的冯德斌老师劝阻了，冯老师曾经在小学教过我们。事后想来，我当时也太幼稚了。即使转学到任家沟中学，我能和玉平一起上学的时间也不会超过一年。

1974年年底，部队从高中毕业生中招新兵。玉平人机灵，说话幽默，接兵的排长一见就看上了。加之他学习成绩优异，家庭出身好（贫农），又是年级里唯一的学生党员，毫无悬念地成为任家沟中学的五名幸运儿之一。对当时的农村青年来说，当兵是走出"农门"的唯一途径，我为他高兴，虽然从此之后我们离得更远了。

1978年春，我进入西北大学读书，玉平所在的部队本来在西安，但在我入学前不久，他转驻到了耀县的解放军某部。他曾利用周日请假来西安看我，但第一次，走错了校门，我在西门等他，他在北门等我，因为他必须按时返回部队，我们就没有见上。第二次，我们终于在约定的钟楼见面了，我们又一起去了大雁塔。那是我上大学后最开心的一天！

从"画家"到"油漆匠"

玉平很有艺术天赋，十三四岁的时候，他就成了村里文艺宣传队的主力，扮演的"老汉"惟妙惟肖，令人称绝。这应该是遗传，他父亲是远近有名的秧歌队伞头，锣鼓一响，出口成章。兄弟姐妹六人，个个都是闹秧歌的高手。

但玉平最擅长的是绘画。他会绘画属于无师自通。

小学一年级的时候，一次课间休息，他拿起粉笔在黑板上画了一只鸟，栩栩如生，让走进教室准备上课的冯德斌老师惊讶得目瞪口呆，不忍心擦掉。从此他就成了同学中人人皆知的"小画家"。他见啥画啥，画啥像啥，花草树木，飞禽走兽，寥寥几笔，活灵活现。他还给同学们画人物素描，让"模特们"受宠若惊。从小学到高中，学校的宣传板报栏上都有他的杰作。

在玉平当兵的年代，部队里像他这样硬牌的高中毕业生还凤毛麟角。入伍第一年，他就被抽调到团部的"马列主义学习小组"当辅导员，给战士们授课，兼写新闻报道稿。有一天中午午休时，他拿起一份《人民日报》阅读，看到上面有一张喀麦隆总统哈吉·阿赫马杜·阿希乔的小头像，就随手临摹了一张16开纸大的。他的绘画才能被团宣传科干事发现了，团部专门成立了"美术创作组"，让他在全团出尽风头。他曾被派去户县与著名农民画家李凤兰交流画技，还参观了上海画家在西安举办的画展。他虽然只是个普通战士，但享受着干部灶上吃饭的待遇，足见他当时是多么走红。

不幸的是，不久，提携他的宣传干事出事了。这位宣传干事谈恋爱不成，就拿着手枪逼女方就范，结果被部队开除了。宣传干事走了，美术创作组也就解散了，玉平只能返回自己的连队。但此时他的军事技术都忘了，不得不重新开始接受像新兵一样的训练，最后只熬到副班长的位置。

他没有能在部队提干，也与他实话实说的性格有关。有一次部队吃忆苦思甜饭，他说好吃，比自己家里的饭香，结果被人举报说他思想有问题，受到批评。好在连指导员是绥德人，知道他说的是实话，这件事也就没有继续深究。

提干没有希望，玉平开始寻思自己的出路。1978年春，部队开始准备抗越自卫反击战，他是连里第一个写请战书的战士，他想立功或牺牲。连队批准了他的请求。但令他遗憾的是，他所在的部队迟迟没有被派往前线。他心灰意冷。老家的父母也催着他回家结婚，因为按照当时农村的习俗，他已经老大不小了，再不成家就可能打一辈子光棍。为了早日复员回家，他故意不出操，和领导顶牛。他

1980年正月,我和复员不久的玉平在我家窑洞前合影

终于如愿以偿,于1979年年底复员回到家乡。

复员回村后不久,玉平就结婚成家了,对象是媒人介绍的,他说能过日子就行。他的文化程度高,又能写会画,很快被枣林崞中学聘请为民请教师,两年后又转到樊家畔学校任教。当民请教师工资每月30元,得按照每天1元的"派遣费"交给生产队,换成每月260工分。但活儿轻,也体面,他愿意。

在樊家畔教书时,一个偶然的机会,一位村民得知他会绘画,就请他画炕围子。窑洞里的炕围子就像楼房间的壁纸,既防墙土剥

1987年，玉平在铜川为孟姜女庙绘壁画

落，也是一种装饰。干了一天，主人很满意，送了他两把挂面和一瓶一元五角的"即墨酒"，他觉得太值了。

他绘画的名声传开了，请他画炕围子和油漆木箱子的人越来越多，他开始收钱。两个月赚了3000多元后，他决定辞去教职，专门干油漆工这个行当。

开始几年，他在周围几十里范围的村子里画。我家新窑的炕围子就是他画的，但他坚决不收钱，说凭我和他的交情，收钱不合情理。后来他转到榆林城里，业务也扩大到房屋装修。他还被请到铜川市给一座新建的孟姜女庙绘壁画。

他拼命干活，赚了些钱，但也伤了自己的身体。当时的油漆和画料含有过多的有害物质，让他染上了气短的毛病。有一次干活时，他晕倒在卫生间，幸亏他弟弟有车，及时送他去医院输了氧，他才活过来。从此之后，他不得不放慢工作节奏，直到几年前开始，不再揽活。

最近几次我回榆林见到他，谈话间他总是不时咳嗽。这毛病不好治，他说习惯了。

1983年，玉平的第一个孩子出生了，是个男孩。之后，又有两个女儿相继出生，他成为三个孩子的父亲。老婆身体不好，看病要花钱，养活三个孩子并供他们上学也要花钱，他不拼命干活怎么行？

自包产到户后，计划生育政策在农村不容易落实，因为口粮不再是问题。从1991年开始，农村的计划生育政策严格起来，乡上成立了专门的计划生育执法队伍。为了躲避"超生"的处罚，玉平跑到几十里外的绥德干活，把老婆和三个孩子留在家里。

几年来，玉平一直在绥德干活儿，直到儿子上中学的时候，他们在绥德县城租了一间民房安顿下来。儿子转到绥德二中上学，老婆照顾孩子们，玉平转到榆林城里继续当油漆工。

假如……

玉平今年（2018年）64岁（虚数）。作为曾经当过五年兵的退伍军人，他现在享受民政局发放的"农村60岁退伍军人补贴"，每月300多元。

20世纪90年代初落实农村复员军人政策时，有些和他一样没有"参战"的老兵填了"参战"，都蒙混过关。他老实，没有填"参战"，结果他现在拿的补贴比别人少了一半。工作人员说，如果他觉得不公平，可以把他知道没有参战而享受了参战待遇的人告知民政局，民政局一定严肃处理。他说："我不能这样做。"

玉平很自豪自己曾当过兵。他经常与老战友们聚会，也通过微信群聊天。儿子考大学时他希望儿子能上军校，但没有如愿，最后上了延安大学，毕业后考上了公务员，先分在府谷县公安局工作，后来调到了榆林市。

玉平的两个女儿也都上了大学，毕业后找到了还算满意的工作。

玉平当"油漆匠"赚了点钱，但几年前煤炭价格高涨时，经不住高利息的诱惑，他把自己的几十万元储蓄借给开煤矿的人，没料到煤炭价格下跌后投资人破产了，结果血本无归。

玉平两口子现在住在榆林市，和儿子一家在一起，帮助照看孙子，房子是租来的。儿子曾买了单位的集资房，但工程烂尾了，一拖好几年，房子没拿到手，30万集资款也要不回来了。

最近，女儿给他买了一套商品房，有望明年入住。

老家的窑洞后来装上了新门窗，但他们没有再住过。他现在回村，只是为了给父母烧纸，当天去，当天走。

我和玉平在榆林合影（2017年）

现在每次回榆林见到玉平，我不由得想：假如当年高中毕业时他没有去当兵，而是回乡当农民，1977年恢复高考后，以他的文化水平，很有希望像我一样考上大学。他们兄弟姐妹六人上学时个个学习成绩优异。他姐姐在恢复高考的第一年就考上了大学，妹妹和一个弟弟都考上了中专。那时候，考上中专比现在考上大学还难。

如果能考上大学，玉平或许能成为一位有名的画家，或者成为一名公职人员。

但是，如果那样，他就只能有一个孩子。

孰好孰坏？真不好说。

（2018年12月9日完成初稿，2018年12月28日修改定稿。）

村主任霍东征

东征从小就喜欢当官,但一直没有机会,现在有机会了,贴钱也乐意!东征说,他当村主任,就为熬个好名声。任职期间,他最大的愿望是把张家湾和背户湾之间的沟填平。他的想法很能引起我的共鸣。如果这件事做成,他确实能成为前无古人后无来者的村主任。

我最近一直在想:东征究竟是个什么样的人?想来想去,他就是辛庄村的『特朗普』!一个具有企业家精神的村主任!

东征在讲他当村主任的最大心愿

"东征当村主任了！"

这是父亲在电话里跟我说的第一句话。事隔近一年，父亲说这句话时的诧异和兴奋，我仍然记忆犹新。

父亲离开村里有十几年了，现在常年住在榆林市里，谁当村主任对他的生活都没有什么影响。但对像他这样的村里人来说，不论离开有多久、现在住哪里，谁当村主任仍然是最大的新闻，比谁当国家主席还重要。村主任看得见摸得着，可以评头论足，骂几句也无妨。

赖学生，好演员

东征姓霍，大名"霍汉辉"，但我一直呼他的小名，要不是写这篇文章，我几乎忘了他还有个大名。

在村里读小学的五年里，东征一直和我同桌。他是有名的赖学生，课下调皮捣蛋，惹是生非，课上交头接耳，小动作不断，经常受到老师的斥责，女同学总是躲着他。考试的时候，如果正常发挥，成绩一般不会及格。偶尔我故意不遮挡自己的考卷，他就能勉强过关。他后来回忆说，每到考试阶段，他会让他母亲蒸两个窝窝头，然后带到学校给我吃。这事，我确实记不清了。

但东征是那种脸皮比较厚的学生，对老师的批评和同学们的不屑，他都嘻嘻哈哈，一副无所谓的样子。

脸皮厚，或许是因为有厚的资本。东征在一个方面的表现，让所有同学望尘莫及，那就是演戏。

村里霍姓是小姓，总共也就十来户人家，占全村人口的百分之十左右，但几乎个个能歌善舞，是村里闹秧歌和文艺演出的主力。东征在霍家人中，又是出类拔萃的。

小时候一起排练文艺节目，台词我背好几遍，仍然记不住，演出时得有人蹲在戏台暗侧提词。但东征只背一遍，就烂熟于心，从来不需要别人提词。我当时想，如果他能把记台词的本领用在学习上，考试一定能及格。

大牌演员通常会耍大牌，东征也不例外。

每次演出前，大家都得哄着他，让着他，看他的脸色，稍有不如意，他就威胁罢演，搞得领导只能给他说好话。

春节闹秧歌的时候，演员被分派到村民家吃饭，东征总是被派到生活条件最好的家户，尽管他家是村里最穷的人家之一。

闹秧歌的一项重要内容是"排门子"，即秧歌队在全村挨家挨户走一遍，一家也不能遗漏。排门子的时候，伞头领着秧歌队唱上几句吉庆的歌词，主家会奉送上香烟、红枣、瓜子之类的东西，以表谢意。三天闹秧歌结束后，收集来的香烟要分成不同的等级，在所有队员之间分配，东征总是拿到等级最高的那份。即使我以团支部书记的身份当秧歌队负责人的时候，他分到的香烟也比我多。

只有一次，我比他略占上风。那是1976年正月初，我们俩合作表演跑旱船，我扮演老艄（公），东征扮演小艄（公）。在我们当地，跑旱船叫"搬水船"，最难的不是模仿艄公领引年轻女子坐的"水船"，渡过黄河九十九道湾上的急流险滩，而是说、学、逗、唱。著名的陕北民歌《黄河船夫曲》，就是佳县农民李思命在搬水船时唱出来的。老艄和小艄的角色，类似相声表演中的逗哏和捧哏，但没有事先编好的剧本，全凭演员现场即兴发挥，惹得观者笑声不断。村里演出时，我们小学同班的一位女同学看到一半就溜走了，因为我们给她父母编的笑话，让她难为情。但她父母还是坚持看完，才乐呵呵地回家。

正月十五，各生产大队挑选的优秀节目在公社会演，我和东征表演的"搬水船"获得第一名，让我们顿时成了"大明星"。

我们俩的合作，也曾改变过他的命运。粉碎"四人帮"后，《毛泽东选集》第五卷很快就出版了。我紧跟形势，编写了二人剧《老两口喜读红五卷》，由东征和俊英（玉平的妹妹）分别扮演男女主角。

1977年元月,这个节目参加了全县文艺调演,大获成功。县文工团领导发现东征是个好演员,就把他招进了文工团。

东征从此变成了"准公家人",令我羡慕不已。

一年之后,我离开村里,去西安读大学。

从花脸演员到赌徒

进入县文工团后,凭着演艺天赋,东征如鱼得水。几年后,文工团更名为"吴堡县晋剧团",东征主演二花脸,算是剧团的骨干演员,走在县城街上或偶尔回村露露面,一副"明星"派头。

但在县剧团,东征的身份一直是"合同工",比正式工矮一截。

剧团曾分到一些转正名额,他本来有资格转正,但有两人想为自家子侄争取这个名额,鹬蚌相争,他最终也没有变成渔翁。

虽是合同演员,但找婆姨(媳妇)不愁。东征娶了个既漂亮又能吃苦的米脂婆姨,名叫俊莲。他也没有为娶婆姨付彩礼,让贫困的父母躲过了窘境,挣足了脸面。那时候,彩礼的多少与男人的吸引力成反比。

1992年,俊莲怀上了第四胎。之前,他们已相继生了三个孩子,全是女儿。他们希望有个男孩。

但此时,计划生育政策严格起来。剧团领导找东征谈话,告诉他:生孩子还是保工作,二者只能选其一。犹豫再三,两口子决定还是

东征化装剧照（1990年）

生孩子。这样，东征就辞掉了剧团的工作，和婆姨一起回到了村里。几个月之后，他们的第四个孩子出生了，是个男孩。

东征本来就不是个勤劳的农民。15年的演员生涯，使得他根本受不了种地的苦。回村后，家里的承包地靠婆姨种，东征每天睡到太阳照到屁股门子才起来，成天游手好闲，让人指指点点。村里通上电后，村领导照顾他，让他当了电工。

东征从小嘴馋，在城里生活多年又养成了好吃肉的毛病。买不起肉，他就尝试用取巧的方式饱饱口福，但很快证明，此法不可行。他决定自己搞饲养。

东征养了六只羊、两头牛。有一天,一头牛拉稀,怎么治也不见好。无奈之下,他来到了乡卫生所求助。卫生所卖药的是本村人,说罂粟壳人吃了能治拉肚子,牛吃了也一定管用,就给了他一点罂粟壳。他回家后用罂粟壳熬了一碗汤,给牛灌进去,果然,很快,牛就不拉稀了。

第二年,东征就开始在自家的菜园子里种罂粟。但这事儿被人告发了。无奈之下,东征去了西安,一个没有人认识他的大城市,混迹于上百万的打工仔中,拉板车,当搬运工,一干就是十年。其间第五个年头,他回来办了个身份证。

东征在西安打工期间,他的儿女们也慢慢长大了。二女儿嫁了一个富二代,公公在榆林经营着一个规模不小的煤矿,就出资为亲家办了一个煤炭运输公司。这样,东征就回到榆林,做起了煤炭运输生意。

他应该赚了点钱,风光过一阵子,但很快染上了赌博的毛病。一次下注上万,一晚上输八九万是常有的事。他不仅把自己赚的钱输光了,还欠了一屁股赌债,连卡车司机的工资也拖欠。他究竟欠了多少债,至今仍是个谜,有人说有几百万,甚至上千万,但他自己告诉我,也就几十万,只是利滚利滚到了近两百万。有一年春节我在榆林见到他,他要请我吃饭,我说等你把债还清了再请我吧,旁边立即有人插话:那你大概永远不会有机会吃他的饭了!

他的债主很多,没人能把他送进牢里,但频繁的追债也让他不胜其烦。他选择了躲避。他把手机关了,债主没办法联系他。小女儿曾给他买了一辆60万的路虎车,他怕被债主扣押,不敢开,就交给了大女婿,骑了一辆破踏板摩托回到村里。他觉得还是躲到村里安全些。

后来,三个女儿和债主达成协议,分期分批替他把大部分债还了。

这样,东征又浮出了水面。

竞选村主任,屡败屡战

在村里住了一段时间后,东征萌发了当村主任的念头。

2012年春天的村主任选举,有四位候选人竞争,东征是其中之一。尽管他使出浑身解数,甚至把一些外地打工的村民也拉回来为他投票,得票仍然最低。

这是预料之中的事情。一则,他在村民中并没有很好的威信;二则,村里霍姓人数本来就少,又被两个候选人分票。当时村里的宗族观念还比较强,姓霍的候选人要拉到王姓和张姓的票,不是很容易。

2015年春,东征准备再次竞选村主任。他曾游说我父亲回去给他投票,但父亲有些为难。东征是我的朋友,而另一个竞争者是张姓本家我的远房堂弟,投谁都不合适,父亲就没有回去。东征觉得没有胜出的希望,在最后一刻,他决定退出竞选。这样,现任候选人就获得了连任。

2018年春，东征决定再次参加村主任竞选。他唯一的竞争对手是已经连任两届的村主任。

这一次，他大获成功。他的得票不仅超过法定的半数，而且遥遥领先于竞争对手。特别值得一提的是，他的得票主要来自张姓和王姓的人，而霍姓本家的人，有几人明确反对他。

但村民的选举结果得不到乡（镇）政府的认可。乡政府的人认为，东征劣迹斑斑，根本不适合当村主任。乡政府更愿意让他的竞争对手，即在任的村主任连任。

乡政府要求重选。但重选的结果，仍然是东征当选。

第二次投票结果出来后，又出现了相互告发事件。对方告东征超龄，东征告对方学历造假。

按照任职条件规定，村主任当选时年龄一般不超过55岁。东征生于1958年11月，选举时年过59，确实大大超龄了。幸运的是，他身份证上的出生年月是1961年11月。这一代人都没有出生证，所以法律上只能以身份证年龄为依据，这样，东征的超龄在可接受范围。

竞争对手是小学毕业，但填写了初中毕业。这个学历造假就成为硬伤。

刚刚上任的村支书王峰峰，比东征小20来岁，力挺东征，说如果东征当不了村主任，他自己也就不当村支书了。

乡政府最终还是接受了村民的选举结果，宣布东征当选村主任。

东征说，这是民意的胜利。

我曾问东征：你那么多铁杆票是不是贿赂来的，或私下做过什么许诺？他说，不是，绝对没有，最多就是给大家敬支烟。不过，当场有位村民说，东征曾给他一包软中华烟。但他又补充说，投票给东征，与这包烟没有关系。

无论东征的话是否属实，当上村主任后，他反复强调，他是全村人的村主任，不是某一部分人的村主任，所以无论投他票的人还是没有投他票的人，他都会一碗水端平，不会厚此薄彼。确实，有几个投他票的人曾因为没有得到特殊的照顾埋怨他，说："如果当初不是我们给你拉票，你怎么能当上村主任？"东征说："谁让你们瞎了眼选我？现在后悔也晚了。"当然，这话在投票选举前，他是不敢说的。

据我了解，东征这次选举中能得到多数村民的拥护，大致有两个原因。

一是，他的竞争对手在担任六年村主任后，失去了人心。大部分村民觉得，东征即便不比他更好，也不可能差到哪里去，所以应该给东征个机会。也就是说，许多人投东征的票，不是因为他们认为东征是一个好的村主任，而是因为他们不想看到现在的村主任连任。

二是，上一次落选后，东征干了一件大事，赢得了大家的尊重。

辛庄村与高家塄村之间有座山，叫新云山，据说是祖师初到陕

东征重建的新云山祖师庙，背后的窑洞是旧庙

北时栖身的地方。山上有座庙，是祖师庙。说是庙，其实就几孔破窑洞，里面放着几尊泥塑像，但香火很旺。每年农历三月三举行庙会，附近数百里的人赶来参加，很是热闹。

2015年，东征当上了庙会的副会长。由于会长不管事，他就成了实际上的会长。他决定把祖师庙彻底修缮一番。他从民间筹款24万，盖了一座真正的庙宇，铺设了通向庙宇的车道，还在庙的对面建了一个大戏台。

有人曾担心他还不上修庙借的款，他说不用担心，到时候"神"自己会还的。

庙宇修缮后的第一年，他决定三月三庙会期间给祖师唱三天大戏。他以庙会的名义写了一封信，邀请两个村的村民和在外地工作的人都前来看戏。"神"的事，谁也不敢怠慢。即使不能亲自前往，钱也不能少。我自己就托我父亲捐了1000元。这一次庙会，总共收到捐款10万多元。后来，香火钱也更多了。这样，不到两年的时间，修庙借的款就还清了。

东征做了件大好事。从此，大家都对他刮目相看。

喜欢当"官"，贴钱也乐意

过去，有些村干部或多或少会给自己捞点金钱上的好处，更有甚者，还把政府给的津贴装进自己的腰包。但东征不一样，自己贴钱当村干部。

他上任后不久，是中国传统的端午节，他邀请全村人集体吃粽子。村民们不仅可以免费吃粽子，还可以参加吃粽子比赛，优胜者有奖品。这一顿粽子大餐，共花了12,000多元，全是他和村支书两人掏的腰包。

村里的"爱心超市"只发奖品不卖商品，奖品都是日用品，也是村干部捐钱买进的。其中，村支书出了6000元，东征出了5000元，其他村干部1000元到3000元不等。奖品上标的不是价格，而是点数。村民们每干一件好事，会获得一定的点数，然后可以去爱心超市领取相应点数的日常用品。

中秋节，村委会请60岁以上的老人吃月饼和各种新鲜水果，一些老人感动得流了泪，说自己的儿女也没有这么孝顺过。钱，也是东征和村支书出的。

2019年春节前，村里搞了一次"新民风建设表彰大会"，东征和村支书又自掏腰包，慰问了39位70岁以上的老人，为每位老人送上一袋白面和一桶食用油。

农历腊月二十八我回村里，到东征的办公室和他聊天，他说上任不到一年，仅招待客人的茶叶钱就超过1万元。他拿出最贵的南京牌细支烟让我抽，我说你怎么抽得起这么贵的烟，他说是专门为我准备的，他平时抽的是芙蓉王。

他上任以来，平时有来村里检查工作的干部，喝杯茶、吃顿饭也是东征自掏腰包，也不是一个小数目。

我们村的秧歌曾经名声远扬，但近二十年没有人张罗了，秧歌也就不闹了。东征上任后，又组织起了秧歌队。今年春节连闹三天，还闹到乡政府，他自己亲自上阵演出，也捐了钱。

我问东征："你为什么愿意干这赔本的买卖？"

东征回答："我从小就想当'官'，干点实事儿，但一直没有机会，现在有机会了，贴钱我也乐意！我们姓霍的从来没有人当过村主任，我现在也是为我们姓霍的长脸啊。"

当然，东征贴钱"当官"，也因为他有这个条件。他的三个女儿是他的坚强后盾。他贴的钱都是女儿们给的，不是他自己赚的。他现在开的雷克萨斯牌车是二女儿给买的，价格120万，为村里办事跑一趟县城，汽油费加上过路费近200元，用的是二女儿出钱充值的加油卡和电子收费卡。

在竞选村主任之前，三个女儿分别给每个选民打电话，表达的就一个意思：我爸想"当官"做点事，我们做儿女的愿意贴钱，满足他的心愿，就拜托你们投他一票。他上任后绝对不会占村里人一分钱的便宜，否则，我们儿女也不答应。

东征自己贴大钱"当官"，也要求其他村干部贴点小钱。对村支书王峰峰来说，这不是什么问题，因为他贴得起，但对其他村干部来说，这种做法能否持续，仍然是个问题。毕竟，其他人的瘾没有东征那么大，也没有他那么既有钱又孝顺的女儿。

辛庄村的"特朗普"

东征当村主任不到一年，村貌和村风确实有了很大变化。他也很快树立起了自己的威信和权威。

东征对我说，他的目标是做到：村里过去不曾有他这样的村主任，今后也不会再有他这样的村主任。他的意思是，他要做一个前无古人后无来者的好村主任。

他知道，要达到这个目标，仅仅贴钱是不够的，必须干大事。

上任半年多，他就干了11件大事，包括：平整了300亩高标准农田；平整出200亩花椒树地；开垦了几百亩荒芜地，准备种植桑树，发展养蚕业；修通了通往每座山的三轮车道；铺设了通往高树梁的一公里长的砖路；完成了通往霍家崖土路的混凝土硬化工程；整修了村里集体拥有的十多孔旧公窑；新建了能满足全村人饮水需要的新水井和引水管道，春节后就启动自来水工程；等等。

建饮水井和引水管道的10万元投资是县水利局拨的。工程完成后，水利局的人来检查，很惊讶他用这么少的钱就做出这么好的水井。他们说，在其他村，这样的工程至少需要20万。东征告诉我，其实超支了4000元，他自己贴了。其他工程款的超支部分，最多的有24,000元，也由他和村支书王峰峰两人垫付。

做工程，东征奉行的是"辛庄第一"的原则。

过去政府资助的工程，通常承包给有特殊关系的人，中间环节的撒漏很多，真正用在工程上的钱不到总经费的一半，甚至不到三分之一，工人也是包工头自己找的，本村人参与的不多。

但自东征当村主任后，村里的工程，他自己亲自监管，用工尽可能雇村里的劳动力（除非村里人自己做不了或上级不允许），这样，不仅撒漏少，钱都花在工程上，保证了工程质量，而且让大部分工程款变成了村民的劳务收入。

让村里人参与工程，也改变了村风。村里过去赌博成风，现在有事做了，赌博的人就少了。

我一个叔叔原来是远近闻名的赌徒，每天吃过早饭就到镇上"上班"（赌博），但也是全村头脑最聪明的人，年轻时曾用心算与村里最好的算盘手比赛，结果他赢了。东征用其所长，让他帮助搞规划和工程监理，我这个叔叔也就不再赌博了，见到我就一股劲说东征的好话。

东征知道，想做大事，就得舍得花时间，出大力。

过去的村主任，都是兼职，主要忙自己家的事情，真正投入村务工作的时间很少，也没有固定的值班时间。东征与他们不同。他是村里第一个全职村主任。

刚上任的时候，县文广局派来的第一书记（副科级）告诉东征，必须保证足够的值班时间。他问每周多少天？第一书记说三四天。他说没问题。不几天，他就把铺盖搬到办公室，还雇了个做饭的，吃睡都在办公室。这样，一周7天，一天24小时，都是他的值班时间，任何人随时可以找到他。

时间就是权力。现在，第一书记和另外两位县政府派来的驻村干部，以及乡政府派来的包村干部，如果外出，反倒要向他请假了。

东征在榆林市里有一套170多平方米的楼房，装修豪华，但他觉得，住在窑洞的办公室里，活得更像个人物。

东征不仅自己把自己当个人物，也要求别人把他当个人物。

他不愣，但很横。作为村主任的权威，任何人不能藐视。

他曾把第一书记骂哭，因为嫌后者工作态度不认真，没有按时完成他交办的任务。

学校的排水沟要经过村会计的地界，会计不同意，东征说，如果你再坚持，明天开始你就不再是会计了。会计只好同意。会计是村里任职几十年的老会计，和我俩是发小。

东征要求每个村干部和村民代表必须承诺做一件公益事，没人敢不服从。这样，监督委员张三有辆三轮车，承诺免费为村民提供运输服务；村民代表张毛是个土厨师，承诺每一项村集体工程完工后，请全体工程人员吃一顿糕；等等。

由于村支书大部分时间不在村里，东征能大权独揽。当然，如果有重要决策要做，他会用微信或电话与村支书沟通，达成共识。他有自己的一套处事原则：听多数人（村民）的意见，和少数人（村干部）商量，最后自己拍板做决定。

东征说，任职期间，他最大的愿望是把张家湾和背户湾之间的沟填平。填平这条沟，可以造出20多亩平地，村里闹秧歌和其他公共活动就有了一个像样的广场，可以有种植花果蔬菜的地，还可以办杂粮食品加工厂。

东征最大的心愿是把正对面的那条沟填平，建成一个公共活动广场

　　小时候，我曾幻想过在张家湾和背户湾之间修一座桥，他的想法很能引起我的共鸣。如果这件事做成，他确实能成为前无古人后无来者的村主任。

　　东征请风水先生站在新云山上看了，风水先生说，填了这条沟，辛庄就成了真正的风水宝地，干什么成什么。他对此深信不疑。

　　去年12月我去西安讲学，有一天中午安排和在西安的几个发小吃午餐。我到场时，没想到东征已经坐在那里，还带着他的二女儿。原来，他听说我在西安，为见我一面，与我聊聊他的宏伟规划，就连夜开车二百多公里到榆林，一大早坐飞机飞到西安。当天下午，他就飞回了榆林。机票钱，当然是他自己掏。饭桌上，他谈论的主要话题就是怎么填这条沟。我建议他找专家做个预算。

今年春节假期见他，他说找专家了，专家说总预算需要六七百万。他希望我帮他找钱，我觉得这个任务太艰巨，建议他先填上游的三分之一，估计有 200 万够了。这样也许有希望找到钱。

玉平说，东征这个人，有一股倔劲，想做什么，不论多大困难，一定要做成。

我最近一直在想：东征究竟是个什么样的人？

想来想去，他就是辛庄村的"特朗普"！一个具有企业家精神的村主任！

（2019 年 2 月 10 日完成初稿，2019 年 2 月 15 日定稿。）

东征还是村主任

填沟工程完成后，东征一直在思考：广场上除了闹秧歌，还能做些什么？2020年9月，我陪同著名企业家黄怒波去了辛庄。怒波说，我们就在这里建一个『辛庄课堂』吧，你给最优秀的企业家讲授你的企业家理论。我们俩一拍即合。东征求之不得。东征连任了，辛庄课堂的建设步伐也要加快了。我憧憬着：黄土地上望星空，窑洞文化撞击企业家精神！

东征连任村主任

特朗普下台了，霍东征还在台上

"成功了！"

2021年2月23日下午3点多，在一个微信群里，霍东征发来这三个字。说是微信群，其实就我、他和村支书王峰峰三人。他接着又说："霍玉平也回来了，我很高兴。"

东征的话没头没脑，但他知道我知道他说的是什么事。

村委会换届选举的事，东征和峰峰事前没有给我提过，我是从玉平那里得知的。

换届选举两天前，玉平告诉我，东征和他视频通话了很长时间，说后天选举，自己脾气不好，得罪人多，不放心，让他无论如何回去帮忙。

当时玉平因身体不适，刚开始输液，医生说得连着输五天，东征的请求让他有些纠结。我对玉平说，东征要你回去，表明他对你的信任，你回去一趟，不仅可以帮他的忙，也可以消除你们之间的一些误会。

我自己判断，东征虽然得罪了一些人，但他过去三年为村里做的事，不敢说后无来者，肯定前无古人，大部分村民是拥护他的，加之又没有强的竞争对手，连任村主任应该没有大问题。

但他能否连任，最终是投票决定，而投票这事，意外经常发生，大意不得。

我是从自己的经验中得出这一结论的。我曾主持光华管理学院工作12年，把学院从一个普普通通的管理学院变成中国的旗舰商学院，但也确实得罪了一些人。2010年12月院长换届时，我被选下去了。

我的经验告诉我，经常是，支持你的人，正人君子，有心没肺，甚至忘了投票日期；而反对你的人，小恩小惠，处心积虑，投票时绝不会缺席。

我的经验还告诉我，你不能同时既得罪"小人"，又得罪"大人"。我这里说的"小人"，是指在你下面的人；"大人"，是指在你上面的人。如果你只得罪了"小人"，"大人"或许会为你主持公道；如果你只得罪了"大人"，没有"小人"提供炮弹，"大人"也难以下手。但如果你同时得罪了"大人"和"小人"，"大人"后台操纵，"小人"前台捣乱，你就麻烦了。

幸运的是，东征没有得罪"大人"，只得罪了"小人"。尽管有些村民不喜欢他，但从村支书到镇领导，再到县委书记和县长，都毫不含糊地支持他。这让他胜选的概率大了一些。

东征与我的另一个不同是，他会拜票，而我不会。我的态度是，如果多数人信任我，我就承担起责任，再干几年；如果多数人不再信任我，我也懒得再干了。但东征是志在必得。选举结束后玉平告诉我，他是选举的前一天晚上回村的，感觉气氛很紧张，有几帮人串联，还叫回来几十个在外地打工的人，铁了心把东征拉下马。东征和他的米脂婆姨正在挨家挨户拜票，村支书峰峰也在忙着帮他落实票仓。

选举结果是，东征得164票，比半数多出24票，他的竞争对手得84票。

东征赢了！

看来，农民的理性程度并不一定比大学教授低。

我在《村主任霍东征》一文中，把东征比作辛庄的"特朗普"，很快，"特朗普"就成了东征的绰号。如果美国的特朗普输了，会不会预示着辛庄的特朗普也会输？

看来，人也不能太迷信。

一位在美国的朋友读《村主任霍东征》后说：真心喜欢。只不过，将东征比作 Trump（特朗普），太抬举 Trump 了。

也许她是对的。毕竟，特朗普任满一届就下台了，东征却成功连任了。

再见了，小沟

东征当村主任的第一任期的三年间，辛庄村发生了天翻地覆的变化。这样说，一点也不夸张。

《村主任霍东征》一文的最后，我说到，东征最大的梦想是把村里的小沟填平，建起一个广场。他希望我能帮他为填沟工程找钱。其实我有些犯难。

我不曾想到，东征的故事会感动那么多人。文章在"经济学原理"公众号发表后几个小时，阅读量就超过了 10 万，并被多个微信公众号和网络平台转载。

文章发表后的第二天，新浪财经派记者采访我，采访的最后，记者说，他们领导问是否需要他们帮助为填沟工程筹款。我说，眼下还不需要。

吴堡县委书记王华发来微信说，榆林市委副书记钱劳动也看到我的文章了，要他关注一下"霍东征现象"，他准备近期去辛庄考察。不久，他就带着县政府几个部门的负责人去了。

最让我喜出望外的，是我的朋友杨秋梅从香港发来的微信。秋梅说，她和晓鸥第一时间看到了我写的霍东征，敬佩他的敬业精神、人格和管理能力，愿意捐款圆他的填沟梦！秋梅还说，她一直想为我的家乡做点事，上次辛庄村拉电时她错过了机会，这次无论如何不能再错过了。

这样，很快就筹集到了400万元的工程款。其中，晓鸥、秋梅和他们的儿子铭铭捐赠200万，另外200万是王华书记找的。专业路桥设计咨询公司给出的工程预算是513.9395万元，这个预算当然是按照"正常标准"做出的。但东征表示，他有把握用400万把工程做成。前提是，工程由村里负责施工，不能外包给工程公司。县委县政府同意了东征的建议，但为了保证财务透明和不出问题，每一笔支出，都由镇政府和县财政局审查监管。

我其实有心理准备，先让他们做着，如果400万不够，我再继续帮助找。

而东征真正的目标是，用300万把事情做成，给捐款人、上级领导和村民一个满意的交代。这是我后来才得知的。有村民告诉我，东征曾与一位村民打赌，赌注是4只羊。事后证明，东征赢了，工程竣工时，总支出没有超过300万。但赌注好像没有兑现。

东征是个善于动员资源的人。为了保证工程质量，他把发小王居泰从几百里外的志丹县请回，担任填沟工程顾问小组组长。居泰17岁时移民志丹，退休前曾任志丹县交通局负责人，具有丰富的工程管理经验。整个施工期间，他都驻扎在村里，只是为了洗个热水澡，中间每隔20多天回志丹县家里住几天。

东征还把玉平从榆林请回来，担任工程会计。他说，玉平做事讲原则，在村民中有威信，让他当会计，少了别人说闲话。

东征是一个有效的管理者。他运筹帷幄，调度有序，全村有劳

东征（右三）和玉平（右二）等在施工现场

玉平、居泰和我（从右至左）在填沟工程排洪管道里合影

动能力的人几乎都参与了工程建设，有的负责监工，有的负责安全，有的负责做饭，各尽所能，各使其力。整个施工期间，没有发生任何工伤事故，也没有出现任何质量问题。东征说，这也是"神"在保佑。开工前，他拜了所有他能想到的"神"。

施工期间，村里没有人能睡懒觉。一大早，天刚蒙蒙亮，四台挖沟机、七台铲车、两辆拉土车、一台压路机，就轰隆隆响起来，漫天尘土飞扬。其间我曾在村里住过两晚上，每天早晨，都是不到5点就被吵醒了。

东征有一套监督工人的小技巧。比如，对雇来的挖沟机和铲车司机，他不是按照他们完成的土石方量，而是按照他们的耗油量支付报酬。他说，土石方不好计算，耗油量好计算，而只要耗油，就表明司机在工作。在这样的报酬制度下，每个司机都会卖力干活。

填沟工程从2019年清明节后正式启动，于7月下旬完成，历时100天。

东征选择农历七月初七（公历8月7日）举行庆功仪式，他说这个日子吉祥。那一天，许多在外地的辛庄人都赶回来了，当年的插队知青也回来了，辛庄村好多年没有见过这么多人、这么热闹的场面了。锣鼓声、唢呐声响彻整个山庄，大家兴高采烈，在刚填起的广场上扭起了陕北大秧歌。

当天上午10点多，我陪同秋梅一家三口来到辛庄。车开到新填起的广场，车门打开，脚一着地，我已满眼泪花。我第一次踏上

杨秋梅加入秧歌队伍

这块土地，这块土地几个月前还不曾存在，第一次踏上一条路，可以径直走到我出生和住过的窑洞，不需要再绕一个大湾。秋梅一家三口被现场的气氛所感染，也跟着秧歌队扭了起来。

广场上，我见到一位白发苍苍的老奶奶，由儿孙搀扶着，激动得热泪盈眶。一问才知道，她是王居泰的姑姑，已经91岁高龄，少女时远嫁外乡，多年以来第一次回娘家村。四个月后，老奶奶仙逝了。

在庆典晚会上，玉平朗诵了叙事诗《再见了，小沟》，这首诗是他自己创作的，共112行，其中最后几行是这样写的：

一百天的机声隆隆，

一百天的尘土飞扬，

完工了！

熟悉的小沟已埋在脚下！

站在这平展展的广场上，

全村五百多父老乡亲挥手高喊：

小沟，再见了！

小沟，再见了！

辛庄，一个不曾知名的村庄，

将以崭新的面貌屹立在吴堡县的"内蒙古"边上！

东征胆大包天，把我家的茅厕拆了

我写的东征的故事，也引起我北大国发院同事对辛庄村的兴趣。

2019年春季学期开学不久，徐晋涛教授找到我，说暑假期间，他想带学生去辛庄搞调研，见见"特朗普"，问我是否方便帮助安排一下。我把这事告诉了东征和峰峰，他们满口答应，说一定安排好接待工作。

国发院本科生暑期社会调查项目，是仿照费孝通先生当年搞乡村调查的研究方法设计的，目的是给学生提供一个了解社会的机会。

我很高兴徐晋涛教授这次选择去辛庄村，但我担心同学们在生

国发院学生来到辛庄村调研

活方面的不便,其中最大的问题是上厕所。30多位同学都在城市长大,用惯了抽水马桶,而我们村只有茅厕。茅厕臭气熏人,我现在回去都感到不适应,所以在村里待的时候,上厕所的次数显著减少。

知道我的顾虑后,东征就动起了脑子。很快,他就派人去太原,买回两个简易的抽水马桶厕所,就是2008年奥运会期间北京大街上能见到的那种,并排安装在村委会院墙外,男厕女厕有别。7月份,当晋涛带同学们来的时候,新厕所就投入使用了。但东征说,这是给北大学生准备的,不允许村里人使用,怕弄脏。

城里人到农村最大的不便,除了上厕所,就是洗澡。2017年8月,我带周其仁、卢锋和黄益平三位同事到我们村住了一晚上,第二天下午到达佳县县城，一入住酒店，他们做的第一件事就是洗澡，为此还放弃了去一个民俗村参观。

2019年6月26日，玉平给我发来一条微信，并发了两张照片：东征把我们家的茅厕拆了！东征说，维迎家里来客人不方便，要给做个抽水马桶厕所和洗澡间。

我很恼火！茅厕是我家的财产，你东征胆大包天，没有征得我或我父亲的同意，怎么能想拆就拆？我恼火，更重要的原因是，我向朋友筹钱是为了村里的事，不是为自己家的事，你东征这样做，将陷我于不义！

东征也很恼火。他是恼火玉平，责怪玉平不该把这事告诉我。拆茅厕的时候，玉平坚持让东征给我父亲打个电话。东征勉勉强强做了，被我父亲骂了一通。东征抱怨说，真不该听玉平的！他更没有想到的是，玉平居然又把这事告诉了我。

因为这事，东征和玉平之间有了隔阂。

因为这事，我有好一段时间没有理东征。

但茅厕已经拆了，没有办法复原，也没有必要复原，我本来也有想法修一个新厕所。再想，东征也是出于好心。我指定玉平负责我家厕所（包括洗澡间）的修建工作，不让东征再插手。我要玉平把每一分钱的花费都记下来，所有费用全部由我自己承担。我用微信分次将经费转给玉平。最后算下来,包括材料费和工钱,总共花了 37,128 元。

在填沟工程庆祝仪式之前,我家的厕所建好了。8 月 7 日,参加完全部庆祝活动之后,秋梅一家三口在我家窑洞住了一晚上。我很高兴,他们能在我家用上抽水马桶,并洗个热水澡。事后看,倒应该感谢一下东征。如果他当时不把茅厕拆了,没有新的卫生间,我就只能安排秋梅一家住 80 里外的县城了。

填沟工程完工后,东征就动起了改造全村厕所的念头。2020 年夏天,他终于从政府申请到了厕所改造经费。农村厕所改造,政府分了两种等级,一种是普通厕所,另一种是"三格式厕所"。三格式厕所也就是无公害厕所,化粪池和便池分离。普通厕所的经费是每户 3700 元,三格式厕所是每户 4800 元。吴堡由于县穷,财政资金不足,所有的村都只能做普通厕所。但辛庄村用普通厕所的经费做了三格式厕所,也就是用 3700 元的花费做了 4800 元的事。我问东征为什么能做到,他说,其他村都是把工程承包给个人,咱村是村委会自己做,没有撒漏,统一进料,来生(本村能人)切割、焊接,玉平油漆,都只拿工资,这就省了不少钱。

东征一直想建一个有机肥加工厂,这样既解决了村里的粪便处理问题,又可以种植有机蔬菜。但根据上面的规定,加工厂必须建在离窑洞 500 米以外的地方,还不能占用耕地。由于村民居住分散,尽管撂荒的地有的是，但就是找不到建有机肥加工厂的厂址，只好作罢。

老年人，来吃饭

自东征当村主任以来，辛庄村村民的现金收入大幅度增加。有几位长期在外打工的村民，回来后就不走了，说村里打工每天150元，住自己的窑洞，村里还管饭，剩的钱比外出打工还多。过去，每到开学和春耕时节，不少村民就到镇信用社排队申请贷款，但现在，信用社门前已看不到辛庄村的人，村里的"小额贷款基金"也没人用了。

辛庄村的老年人特别支持东征，因为他确确实实改善了他们的生活条件。

全村户籍居民190户504人，常住人口130人，其中60岁以上99人，70岁以上51人。许多家庭，只有老两口住在村里，甚至只有单身老人在家，吃饭都是凑合，做一次，吃几天，每次热一下。

2020年春，村委会办起"幸福院"，70岁以上的老人，每月交60元伙食费，每天可以按时在幸福院吃两顿饭，不需要自己再做饭了。

我一发小，只比我大两岁，村里人都知道，他自己也承认，但身份证上的年龄过了70，所以每天也到幸福院吃饭，因为现在以身份证为准。在幸福院吃饭的人中，他文化程度最高，又年轻，东征

老年人在幸福院吃午饭

就让他兼任伙食管理员，每月能得到300元的"工资"，扣除伙食费，还有240元的净剩余。

幸福院每人每顿饭的实际成本是3元左右，差额部分由村里的"老年幸福基金"补贴。老年幸福基金首次筹款7万多元，捐款人主要是本村外出人员，当然也有东征、峰峰等村委会负责人。

除了解决了吃饭问题，老年人的文化生活也丰富多彩起来。东征是个爱热闹的人，曾在县剧团当过演员，他上任以后，村里隔三岔五就搞文艺活动，什么清明节、端午节、六月六、七月七、中秋节、国庆节，一个也不错过。

2020年春节，东征铆足劲，准备闹三天秧歌，但由于新冠疫情来了，上级不让闹，东征差点憋出病来。今年春节，还是不让闹，东征好说歹说，镇政府同意只能在村里小范围热闹一下。也算功夫没有白费。

我在农村的时候，闹秧歌，搞演出，都是年轻人的事，老年人掺和，属于"老不正经"。但现在闹秧歌，搞演出，老年人成了主力，穿得花花绿绿，涂眉抹脸，没有人感到害臊。我十二三岁的时候，曾和玉平等发小合演过一个节目，叫"四个老汉打石头"。最近发现，东征又重排了这个节目，其中的一位演员，张建社，正是当年和我同台演出的发小。当年是扮老汉，现在是真老汉。

2019年，县委县政府给辛庄村颁发了"优秀集体经济合作社奖"，奖金是5万元。县上的文件说，百分之七十奖给村两委会负责人，百分之三十留给村集体合作社。但东征、峰峰和其他负责人都没有拿钱，他们用属于自己的部分补发了民请教师的工资。村小学已经停办十几年了，但村里没有钱，民请教师的工资一直拖欠着。当年的民请教师，现在也都60多岁了。

脾气不好，可以改一改

每次回到村里，总有人跟我说，东征脾气太暴、爱训人、骂人。东征一上任，就计划在辛庄发展养蚕业。养蚕需要种桑树。村里有不少陡坡地，坡度在40度以上，多在背洼，已经撂荒。东征说，这些地不适合种粮食作物，但栽桑树正合适，一下子平出了300多亩桑树田。县政府寇副县长视察时，表扬了辛庄的做法，说因地制宜，荒地利用，好！

但2019年春，另一位领导带人来验收时，说梯田宽度没有达到4米以上，不够标准，不合格。这意味着，辛庄村不能拿到每亩1500元的补贴。东征当场就火了。东征说，这么陡的地，人都爬不上去，你让我们怎么平出4米宽的梯田？我们村的事，我们自己知道怎么做好，不能你说了算。寇县长都表扬了我，你却说不行！不行就拉倒，我们自己出钱干！

东征的话，让那位领导很不高兴，在场的人都觉得尴尬。好在经过镇政府领导的斡旋，领导最后同意签字"合格"。补贴拿到了。

我听到这个故事，其实有些担忧。如果东征这么得罪人，以后可能不利于开展工作。

还有人对我说，东征出名后，脾气更大了，把谁都不放在眼里。东征出名，与我有关。我觉得自己有责任提醒他一下。我找东征谈了，临走时，还给他手写了一段文字——"留言东征"。内容如下：

1. 兼听则明。大事多听听大家的意见，做事既要果断，又不能武断。

2. 脾气必须改。要说理，不要骂人，否则必结怨恨。

3. 对官员要尊重。每位官员都是上级，不能让他们感到你不把他们放在眼里。

4. 戒骄戒躁。成绩越大，越要谦虚；官当的时间越长，越要谨慎。

东征把我的留言装裱在一个镜框里，挂在自己的办公室。他说："维迎说的是对的，我把他的话挂在这里，每天看着，时刻警醒自己。"

有人对我说，整天盯着也没用，狗改不了吃屎。

我说，现在的狗已经不吃屎了，东征的脾气怎么就不能改呢？

后来听说，东征的脾气还是改了不少。

对于东征的脾气，我父亲倒有不同的看法。他说，东征训人、骂人，但东征不冤枉人，那些被他骂的人，都是做了该骂的事。东征也不记仇，骂了，过后也就忘了。父亲还用事实佐证他的说法。

村里修环山公路时，要从一户人家的坟地通过。东征画出的路线，绕了一个弯，保证避开人家的祖坟。但施工负责人为了取直，没有按东征规划的路线，结果把人家坟前的"饭桌"推倒了。这事差点演变成一场暴力冲突，幸亏村支书峰峰能忍。东征训斥了施工负责人，说："我给你们画得清清楚楚，你们为什么不听？将心比心，如果你祖宗的'饭桌'被推了，你会没意见吗？"

我父亲还对我说，东征是"老虎不吃人，从前坏了名"，闲人的话，你不能全听。

黄怒波说：就在这里建个"辛庄课堂"吧！

辛庄课堂，即将开始的故事

　　填沟工程完成后，东征一直在思考：广场上除了闹秧歌，还能做些什么？他想把辛庄变成一个文化旅游村。他说，广场上应该建个书院，这样辛庄村就有了文化气息。山上挖方形成的25亩平地，可以种植特色水果，到时候，游客可以从新云山（祖师庙）坐缆车直达果园，采摘水果。

　　2020年9月，我陪同著名企业家黄怒波去了辛庄。怒波说，我们就在这里建一个"辛庄课堂"吧，你给最优秀的企业家讲授你的企业家理论。

　　我们俩一拍即合。

　　东征求之不得。

　　"辛庄课堂"的动议得到了吴堡县委和县政府领导的高度认同。一个月后，黄怒波的丹曾文化公司与吴堡县政府正式签约。

　　东征连任了，辛庄课堂的建设步伐也要加快了。

　　我憧憬着：

　　黄土地上望星空，窑洞文化撞击企业家精神！

（2020年2月28日完成初稿，2020年3月3日定稿。）

公社书记曹志勤

高中毕业,我回到辛庄村当农民。曹书记当时是我们张家山公社的党委书记。曹书记没有当过大官,但他不以官小而不为,做了许多有意义的事。我甚至庆幸他没有当大官。如果他不到吴堡工作,不来我们张家山公社当书记,我的命运也许会与现在很不同。

我与曹书记（1980年3月2日，田丰摄）

回乡青年遇贵人

曹志勤先生，我至今仍习惯称他"曹书记"，是我在农村时结交的最大的官，对我有知遇之恩。

我在县城上高中期间，曹志勤是我们张家山公社的党委书记兼革委会主任，既有权又有威。好多人畏惧他，因为他训人不讲情面。但他其实心地善良，白天训过谁，晚上就到谁家道歉，所以受训的人也很服气。这是我父亲后来告诉我的。他还特别有怜悯之心。有次我从家里返校时没有班车，他以公社书记的身份给我拦了一辆顺路的拉煤车，否则我将不得不背着行李步行80多里。这样的事之后还发生过一两次，所以我觉得他特别亲切。

1976年元月，我从宋家川中学（今吴堡中学）高中毕业，回到辛庄村当农民。在人民公社那个年代，农村回乡青年不少，辛庄村还有十几个县城来的下乡知青，村团支部书记一职很抢手。村团支部书记原来由一位党支部副书记兼任，我回村后很快就接任了团支书一职。那时我不到17岁。后来得知，我当团支部书记是公社曹书记坚持的结果，村党支部书记本来是反对的。

村干部中，团支书最年轻，容易出人头地，有机会通过招工或当兵跳出"农门"；即使出不去，也是未来最有可能接任村支书的人选。当时的村支书反对我当团支书，现在想来，不排除他有别的想法，可能是希望自家子侄有这个机会。

曹书记经常下乡到我们村。他来的时候，总是斜挎一个帆布挎包，扛一把铁锹，一有机会就和社员们一起劳动、拉家常。他认识大部分村民，对村里的宗族情况一清二楚。他从多种渠道得知，我从小就是个好学生，脑壳灵，文笔好，有想法，又为人正派，所以坚持认为我是团支书的最合适人选。公社党委书记管着村党支部书记，村支书不得不接受曹书记的意见。这样，我就顺利成为村里的团支书。

作为一个"回乡青年"，在我刚步入社会的时候，能得到公社书记的信任，委以重任，让我既感到庆幸，又觉得压力不小。我雄心勃勃，想在农村这"广阔天地"里大大"作为"一番。我没有让曹书记失望。上任后半年多，辛庄村团的工作就搞得红红火火，成为公社和县上的先进典型。村里的青年人，无论是土生土长的，还是从城里插队来的，无论是比我大的，还是比我小的，都非常认可我，服从我的安排，踊跃参加各种活动。

公社团委书记和县团委书记也非常喜欢我，因为我可以出"经验"，这些"经验"他们可以推广。县广播站经常广播我写的稿子，也让辛庄村扬了名。村里的青年文艺宣传队还参加过县上组织的大型文艺调演，是全公社唯一的，两名队员在此次演出后还被招进县文工团，其中一名是霍东征，现在担任辛庄村村主任。

对我个人来说，当团支部书记最大的好处有二：一是团支书的工作主要在生产大队，舞文弄墨也能挣工分，最重的活是搞农田基建，没有生产小队种地那么辛苦。种地是"一个萝卜一个坑"，谁也没法抽身，尤其在农忙季节；修梯田打坝堰是人海战术，多一人少一人无所谓。二是有机会参加公社和县上的各种会议和活动，结交干部和有文化的人，能见世面，也有机会展现自己的"才华"。

那时候，即使在农村，"学习"也是工作，会议及各种形式的非生产性活动特别多。我曾被县委宣传部抽调到"吴堡县毛泽东思想活学活用讲师团"，十天半月住在县招待所，吃县政府食堂的饭。其间我认识了县委宣传部的笔杆子侣承军先生，他毕业于陕西师范大学中文系，给我很多写作方面的指导，有关高考的消息我最初是从他那里得到的，后来我报考学校的志愿也是按照他的建议填写的。

我还曾参加过榆林地委宣传部组织的"通讯员培训班"，全县只有三个名额，我是唯一的农民通讯员，其他两位都是县委宣传部的通讯干事。那是我第一次去榆林城。出发之前，曹书记把他爱人王淑珍的地址给我，让我去找找她。王淑珍阿姨当时在榆林报社办公室工作，听说是曹书记让我来的，对我非常热情，知道我爱写东西，临走时送了我一沓报社的稿纸，我回去后用了好长时间。（多年后我得知，王淑珍阿姨的父亲叫王应明，是米脂县杨家沟人，在20世纪30年代就是远近有名的建筑"土专家"，曾负责修建了延安中央书记处小礼堂和中共七大会议大礼堂，还主持修建了中央领导在枣园居住的窑洞。）

作为大队民兵连副指导员（团支书兼任），我还接待过榆林军分区司令员，因为村里的民兵工作搞得好，军分区要树典型。在听完我的汇报后，司令员就看上了我，要我年底征兵时到他那里当兵，并给县武装部部长做了交代。司令员后来听说我去读大学了，还有点遗憾。

由于我在工作中表现突出，公社党委曾准备让我担任不脱产的公社团委书记。所谓"不脱产"，就是干"干部"的活，但挣的仍然是生产队的工分，吃的是生产队的口粮，不是拿政府的工资和吃国库粮。当然，工分之外会有点现金补贴。这是当时农村青年无比向往的"出路"。在征得县团委的同意后，曹书记曾两次与村支书商量。但这一次，村支书说什么也不同意，曹书记也只好作罢。后来，曹书记调走了，村里给我压了一副新担子——生产队会计。让我当

曹书记调离张家山公社时的合影（1977年6月19日）

生产队会计，目的是把我绑在土地上，留在农村。

　　谢天谢地，当年恢复了高考。我考上大学时，曹书记已调在县城所在地的宋家川公社当书记，两年后又调到县供电局当局长。他离开张家山公社后，一直担心农村把我这样一个"人才"埋没了，听说我考上大学，自然非常高兴。大学期间寒暑假每次回家路过县城，我都会去看他。有次我去的时候，他正主持会议，知道我到了，就匆匆忙忙结束会议，还留我在公社灶上吃了饭。我们虽然属于两代人，但谈得来。他既关心国家大事，也关心我的学业，为我指点人生。后来他调回榆林，我研究生毕业后分配到北京，有好几年没有见面。但我知道他经常向别人打问我的情况，我也会经常问询他的情况。1999年后，我偶尔在电视上露面，他有时会看到，见面时提起，每每把我夸奖一番，让我既感动，又难为情。

2004年秋我父母搬到榆林居住后，我和曹书记见面的机会又多了。他和我父亲，一个退休老干部，一个不识字的老农民，但交往频繁，无话不说，让我很开心。曹书记了解农村，和农民有感情，谈得来。

2018年春节期间，我去看望曹书记，他和老伴非得留我和我父亲吃饭，还让儿子提前做了精心准备。席间我建议他把自己的经历写写，他说正在写。半年后写完了，他托小女儿曹芸转给我，希望我给提提意见。我读了三遍，每读一遍，感叹不已，浮想联翩。

当官为干事

曹书记出身贫寒，小时候缺吃少穿，13岁参加"儿童团"，还当了"副团长"，开始"闹革命"。父母不识字，他本人甚至没有条件读完小学。但他天资聪颖，毅力顽强，以"同等学力资格"报考米脂中学，苦读三个月，居然以优异成绩被录取。当时的米脂中学在当地很有名气，竞争异常激烈。在学校里，他表现出杰出的组织领导才能。初中时他先后担任年级团支部书记和校团委副书记，高中时当了学生党支部书记，还到省城西安参加过学生干部培训班。高中毕业时他被校长"钦点"留校做团的工作，放弃高考。但上岗

绥德地委宣传部同事合影（后排右三为曹书记）

不几天，又被绥德地委组织部挖走，安排到地委宣传部，很受领导器重，由此开始了自己的风雨仕途路。绥德行署并入榆林行署后，他又被调到榆林地委工交局。

我曾把当官的分为两类：有些人是"当官为干事"，有些人是"干事为当官"。曹书记无疑属于"当官为干事"的人。从21岁进入政府机关到退休，他在不同的岗位上工作过。无论在什么岗位，他都兢兢业业，埋头苦干，造福百姓，有口皆碑。

曹书记在张家山公社任党委书记三年半，离开已经有43年了，但当地老百姓至今还在念叨他的好。我父亲就经常津津乐道曹书记要大家种"三杂洋芋"的故事。

曹书记上任的时候，全公社大部分人家一年四季填不饱肚子，日子过得很恓惶，即便有政府提供的返销粮。他用一个月的时间走遍了全公社24个村（大队）。最穷的小寺则村，人均口粮只有200多斤，洋芋（土豆）每人只分得80斤，一个秋冬就吃光了，42个光棍娶不上媳妇，女孩子为了活命，不到年龄就出嫁了。在高家庄村下乡时，因为是公社书记，他被派饭到一家精心挑选的好家户，一揭锅盖，看见一锅"黑圪蛋"和够一小碗的杏大的洋芋，上面放两个白面馍。主家给他端上一碗小米粥和两个白面馍，他吃一个白馍后，抢着拾了一个黑馍，咬了一口，又苦又碜，越嚼越咽不下去。主家看他执意要吃，就抓了几个小土豆让他拌着咽下去。他问主家窝窝面是啥磨的，主家说："谷穰子，高粱壳子搅了一点干烂洋芋磨的。这也是我们精打细算，细水长流，别的户连这个也没有。"

曹书记说，首先要解决老百姓的吃饭问题。他从佳县引进土豆新品种"三杂洋芋"，大面积强行推广种植。一开始有人不理解，给他起了个"洋芋书记"的绰号。杂交土豆吃起来口感不如传统红皮土豆（现在该叫"有机土豆"吧），有点"撩辣"，但产量高出几倍。当年秋天收获的土豆一年都吃不完，老百姓终于可以填饱肚子了。土豆吃不完，有些村就办起了粉条加工厂，有了点副业收入。时隔多年后，1990年，榆林地委书记霍世仁去张家山乡视察工作，回榆

大坝前遇到老农民（2018年秋）

林后对他说："你在张家山一下解决了群众饿肚子的问题，植树造林显得更突出，群众现在还夸你哩！"

曹书记在张家山公社的时候，修筑了不少坝堰，每一个坝上都留下了他的脚印和汗水。2018年秋天，曹书记老两口在两个女儿的陪同下，与我父亲和当年插队知青宋海贵结伴，从榆林出发重返阔别四十多年的张家山乡。车进"北极村"温家湾，看到坝地上齐刷刷的红高粱，他情不自禁，感染得老伴也激动不已。这百亩大坝就是他当年策划修筑的，是全公社最大的坝。他下车准备和高粱合影留念，恰巧有位老农民路过，一眼就认出他来。老农民拉住他的手，说："曹书记啊，你出谋划策打的这坝，给我们温家湾人造福了咧。现在这一坝堰高粱卖了换成白面，够全村人吃一年啊！"

不过，大坝和老农民的夸奖，也勾起了曹书记内心的不平静。他在任期间，全公社24个大队在大沟石岔修了22座大土坝，其中有5座在第一场洪水时就被彻底冲垮了。回忆起来，他说："真是劳民伤财！"在修张（家山）温（家湾）公路时，由于劈山太高，塌下来一塄土压死了5个修路的农民。即使公社对死者家属做了安慰和适当补偿，并举行了隆重的埋葬仪式，但事故还是给这五个家庭造成了终生的痛苦。他说，这都是好大喜功、急于求成、不尊重自然规律的结果，这也让他终生内疚。

在老百姓心目中，曹书记是个"公道人"，能"一碗水端平"。离开四年后，1981年3月，他受县委委托到张家山公社检查春耕生产。在温家湾村，一位村民找到他，说："听说你来了，请你把人家打我的事处理一下。"原来，两个村民因为水路纠纷，一个骂另一个，被后者一铁锹把腿打骨折，卧床三个月。公社多次处理，法庭两次调解，拖了三年，问题仍然没有解决。这事本来不再属于曹书记的职责范围，但他觉得，既然当事人信任他，他就不能推脱。他先向队干部了解了情况，又分别找两个当事人背对背谈，晓之以理，动之以情，畏之以法，最后拿出一个处理方案，双方心服口服，异口同声地说："没意见。"双方当场签订协议，大队监督兑现，此案圆满解决。

一位社会企业家

曹书记1982年调回榆林后，进入医疗卫生系统工作，属于"外行领导内行"，但他干一行，专一行，领导有方，卓有成就。他管理过榆林中医医院，主持编写过第一本《榆林卫生志》，创办了榆林市卫生职业学校，并将其建设成"省级示范学校"。他创办陕西榆林医学专修学院的故事，尤其令我感动。那时他已退休，在63岁的年龄，以"发挥余热"的心态，办了一件看上去根本不可能的事。按照现在的说法，他算得上是一位"社会企业家"。为了获得办学资格，他求助了几乎所有能说上话的老关系。记得他还曾为学院的用地专程来北京找过我，要我给市领导说说，我大概也没有帮上什么忙。学院运行12年，为榆林农村地区培养了两千多名急需的医护人员，也解决了数千农村青年人的就业问题。在这之前，全区256个乡镇医院，没有一个具有大专以上文凭的医务人员。

曹书记既有能力，又有魄力，这是大家公认的。我在农村的时候，人们就经常议论，论能力和水平，曹书记应该当更大的官，至少应该管一个县。但在那个特殊年代，曹书记仕途受挫也是必然。虽然曹书记最终没有当大官，但他不以官小而不为，做了许多有意义的事。他值得为自己一生所做的事情自豪。

我甚至庆幸他没有当大官。如果他不到吴堡工作,不来我们张家山公社当书记,我的命运也许会与现在很不同。

(本文是作者为《人生印迹——曹志勤自传》一书写的序。2020年5月22日完成初稿,2021年2月4日定稿。)

非典型官员王六

我是土生土长的陕北人,至今说普通话还带着陕北口音。但我对陕北文化,是知其然不知其所以然。王六让我重新认识了我熟悉的陕北方言。如今,王六已是陕北文化的活字典,我是王六的忠实『粉丝』。我曾因为说不好普通话而自卑,但我现在为我的陕北话自豪。我的陕北话,陕北之外的今人可能听不懂,但古人听得懂,因为我说的是文言文,发的是古音。

王六在讲《信天游》

他有个响亮的大名——王建领，但熟人和朋友习惯叫他"王六"。他乐意大家这么称呼他，亲切，不生分。久而久之，许多人反倒搞不清楚他的大名，究竟是王建领、王建岭，还是王建瓴。

几年前，经济日报社一位高级记者到佳县白云山道观参观，王六陪同。一下车，几个聊天的老乡就认出了他："啊，咱的王六回来了！"王六笑眯眯地流泪了。他曾在佳县工作四年，当过县长。"咱的王六"，这是老百姓对他的认可，让他感动！

王六插过队，当过兵，挖过煤，卖过粮，教过书，工农商学兵都干过。进入政府后，任过县委办公室主任、县长、县委书记、市委常委、宣传部长、副市长，直至省档案局局长。但他最喜欢的头衔是"陕北民谚传承人"。他觉得，研究陕北文化，是他做过的最有意义、最让他充满激情的事情。

命运多舛

"大跃进"那一年,王六生于陕北米脂县城。兄弟姐妹中排行第六,故有乳名"六"。他家窑洞不远,就是李自成当年的行宫。与当年的李自成不同的是,王六有城市户口,吃的是国库粮,故算城市人。

王六后来知道,在曾祖父的时候,他家在米脂被称为"王半道街"。曾祖父有四个儿子,财产一分为四,每人名下的也不少。"土改"之前,他祖父把自己分得的大部分地产都捐了出去,所以"土改"时只被定了个中农成分。否则,他祖父十有八九会被定成地主,至少是富农。那王六的命运就会非常不同,甚至根本就不会有"六"。

王六天资聪颖,能说会道,从小学到高中,政治地位虽没有"贫下中农"和"国家干部"家庭出身的高,也不受大的歧视。

1975年元月高中毕业后,王六去了米脂县磨石沟村插队,并担任知青组组长。他吃苦耐劳,能说会写,不到一年,就当上了村党支部副书记,他所在的知青小组,被评为全国先进集体。

作为模范知青,他台上讲的,当然是"要一辈子扎根农村",但内心里,还是想早点离开农村,越早越好。"农民"在陕北叫"受苦人",不是个好职业。

王六很渴望上大学,但当时只招"工农兵大学生",知青在农村劳动两年以上,才有资格报名。他等不及,就想着先去当兵,以后再从部队上大学。

王六决定去当兵,还有一个考虑:他所在的知青点共有9名知青,五男四女,即便有招工返城的机会,也不可能有这么多名额。王六提议,男知青争取当兵,把招工指标留给女知青。大家同意。确实,后来除一个独生子,其他四个男知青真的都当兵了。

1977年1月,王六入伍了,分在陕西省军区某部。到部队不到一年,他就被任命为班长,这在当时是不多见的,说明他是一个好兵,很受部队领导器重。

但王六的如意算盘散了。1977年秋,王六入伍只有八九个月时,国家决定恢复高考制度。这样,他既没有了被推荐上大学的期盼,又错过了参加高考的机会。这是他没有预料到的。

1978年年底,部队准备对越自卫反击战,王六想上前线。他用裁纸刀割破手指,写了封血书,但最终还是没有机会上前线,不过论个人表现,他有希望被提干。

不幸的是,1979年对越作战后,部队出台正式规定,不再从士兵中提干。提干的希望也破灭了!他只能退伍回家。

曾经赫赫有名的全国模范知青,当兵没有被提干,这让王六脸面上挂不住。他决定去一个没有人知道他的地方。

经熟人介绍,王六去了延安地区黄陵煤矿,当了煤矿工人。但三个月后,他决定不干了。不是怕苦,也不是嫌钱少,而是怕死。煤矿工人其实赚钱不少,但每次下井都有上不来的可能。为了钱冒

王六与当年部队里的战友

死,不值得!

好在他有城市户口,政府给安排工作。王六本来被议定去米脂县检察院,但上面突然出了个新政策,退伍士兵不能安排在行政岗位,只能安排在工矿企业单位。

回到米脂后,王六被安排在米脂县桃镇粮站,身份是"工人",每天的工作是在粮库搬粮、站在柜台卖粮。当时粮食紧缺,也算一份不错的工作,他干得也不错。

不久,县委在县委党校组织"干部理论培训班",本来要粮站主任参加,但主任为了照顾王六,就让他代去。当时王六刚刚结婚,妻子在县城工作,两地分居,利用参加学习班的机会,他可以与新婚妻子团聚。粮站主任很通人情！

这次学习班期间，临时决定主要学习《关于建国以来党的若干历史问题的决议》。这个决议是1981年6月中共十一届六中全会通过的，对"文化大革命"、毛泽东的功过是非和毛泽东思想的基本内容与指导意义，做了与以往不同的总结和评价。学习这样的决议，需要有人"领读"。但改革伊始，政治敏感，包括党校教员在内，都怕出错，没有多少人敢领读。王六自告奋勇当了"领读员"。由于他读书多，对中共历史有着许多人不具有的知识，口才又好，讲解时妙语连珠，他的领读受到一致好评。

县委党校校长孔令明，吴堡人，发现王六是个人才，就决定用"以工代干"的形式把他调到党校工作。王六遇到了"贵人"。

党校要人，粮站同意放人，调动手续一切顺利，只等主管组织人事的县委副书记签字了。签字本来只是个形式，不巧的是，主管副书记去榆林开会了，而这次会议的主题是废止"以工代干"政策。等副书记回来，这字没法签了。王六的"以工代干"泡汤了！

但孔令明是个很爱惜人才的校长。他不忍心让王六继续在一个小粮站卖粮，何况党校也非常需要这样的人才。"以工代干"不行，就把这个"工人"调进来吧！

这样，王六就以"工人"的身份进入了县委党校。但他的实际工作是给党校学员讲课。他讲课深入浅出，眉飞色舞，学员听得如醉如痴。很快，他就名声远扬了。

当时，干部队伍讲"四化"，社会上开始重文凭。王六只是一个高中生。孔令明校长认识到，从长远看，老让一个"工人"当"教员"也不是个办法，王六得有个大学文凭，否则在党校也待不住。

1983年，陕西省委党校理论培训班招生，孔令明建议王六报考党校两年制大专理论班。全省有大约3000名考生报考，录取150名，王六榜上有名。但在政审时又出问题了，因为他是"工人"身份，不符合报考条件。

孔令明校长直接打电话给省委党校校长求情，王六总算通过政审，被"破格"录取了。

王六说，孔令明就是他的"申昜"！当年路遥上大学时，由于"造反派"背景，北京师范大学不敢录取，陕西师范大学不敢录取，延安大学也不敢录取。时任延川县委书记的申昜，专程跑了一趟延安大学，找到系主任，路遥才被延安大学中文系录取。

王六说，在党校两年期间，他用的是"重点放弃法"和"反向读书法"，只关注重点、原著。至于怎么个反向法，我们也不必多说。无论如何，他总算拿到了大专文凭。

1985年，王六从省委党校理论班毕业，回到米脂县委党校。不久，他给全县干部做了一次"彻底否定'文化大革命'"的报告，引起轰动。县委书记把他要到县委办公室写材料。但他的身份，仍然是工人。

在领导身边工作，当然还是有好处的。1987年，因为有"大专文凭"，王六的身份终于由"工人"变成"干部"，不久又被任命为县委办公室副主任。

从此，王六进入仕途。

官海漂流

有了干部身份，王六在仕途上还算顺利，如同站在商场里的上行扶梯上，循序渐进地往上走。

王六的官场履历大致如下。

1992年，他升任米脂县委常委兼办公室主任。1995年，他被调任佳县县委副书记。两年后，佳县县长被调走，他本以为自己有希望升任常务副县长，但地委书记高仰秀在听了考察报告后，找他谈了一次话，地委就把他直接任命为县长。那年，他39岁。1999年，41岁的时候，他被调任清涧县委书记。2002年，他被提拔为榆林市委常委，同时继续担任清涧县委书记兼县人大主任，不久后转任市委宣传部部长。2006年，他调任商洛市委常委、副市长。2013年，他被任命为陕西省档案局局长，算提了一级。2017年，他转岗到省人大，先后任内司委、教科文卫委副主任委员和社会建设委主任委员。

进入仕途后，王六充分展现了他的组织才华。

在米脂任县委办公室副主任、主任期间，王六在县城的名气，甚至比县委书记和县长都大。名气大，倒不是因为他在政府的职位，而是因为他是县城有名的红白喜事"大总管"和"民间调停中心主任"。有些事情，书记搞不掂，县长搞不掂，王六能搞掂。所以，他又被称为"救火队队长"。

当红白喜事总管，是一件很有挑战性的工作，繁文缛节多，主客规矩讲究，稍有差错，不是客人不高兴，就是主人不满意。王六总能做到游刃有余，皆大欢喜。

总管当得多了，米脂县城大街上的乞丐都认识王六。他是他们乞讨的最佳路线图，跟着他，就有好饭吃。

王六曾一天当过三个"总管"：一家婚礼，一家葬礼，加上县三干会。娶亲需系红腰带，下葬需系红白腰带，他一个裤兜装着红腰带，另一个裤兜装着红白腰带，没出任何差错。县委办公室抹桌子用的抹布，都是他当总管挣来的，不仅帮助了别人，还为政府节约了开支。

说他从不出差错，也不完全正确。在不同工作之间穿梭、串场，时间紧迫，王六经常把别人的自行车当作自己的骑走。有一天，他曾三次骑错自行车。后来，县委县政府谁的自行车找不着了，有人就会说："肯定是王六骑走了。"

王六说自己是"草根官员"。他不讲繁文缛节，也没有官架子，更不打官腔。他办公室的门总是敞开的，谁都可以进来，不需要

非典型官员王六

王六当大秧歌伞头（1997年）

敲门，不需要预约。在担任县级领导之后，他的讲话稿总是自己写，充满个性，没有八股味。他下乡调研，不听汇报，只到现场考察，和老百姓拉家常。他出差不带随从，只带司机，住酒店时，总是与司机同住一个双人间，有时接待人员还会误把他当成司机。这个传统一直坚持到他任商洛市副市长为止。有次出差，司机说，与领导一个房间睡不好，他只好让司机另开一间房，自己单独住一间。

王六自己说，官场三十多年，清涧当书记最累，但也最开心，最有成就感。他这样说，是有道理的。

陕北有句流行的顺口溜："米脂的婆姨绥德的汉，清涧的石板瓦窑堡的炭。"这里的"清涧"，就是王六当过县委书记的清涧，也是著名作家路遥的故乡。

但现实中的清涧，并不像石板那么平展光滑。

王六上任之前，清涧是全省有名的"乱"县。"乱"，似乎就是等着王六来解决。在这样的环境中当县委书记和县长，真是一件"苦差事"。多年来，清涧的县委书记、县长，没有一个从任职岗位得到提拔，平均任职期只有一年半。每逢换届选举，经常会出现各种不满、冲击选举会议的事情。

正是在这样的背景下，1999年4月，王六走马上任清涧县委书记。

按说，从佳县县长到清涧县委书记，也算是被提拔了。但王六不这么看。他说自己是被抓"壮丁"抓来的。

王六一到任，便遭遇了"下马威"，连自己的办公室也进不了：县政府大门已被上访者锁了好几天；四个机关大门被焊、堵、砌；县人大的牌子被人在大庭广众之下卸下，倒插在公共厕所；县法院的牌子摆在大街上被拍卖……

更麻烦的是，清涧"乱"的原因不能摆在明面说，大家都讳莫如深，还有人专门提醒王六不能点透清涧为什么"乱"。

但王六是个不信邪的人。他面目和善，说话总是带着微笑，但并不胆小怕事。

黄河在清涧拐出了一个太极湾

上任后第一次干部会议上，王六给自己约法三章：不介绍一个工程；不安排一个"飞人"；不吃一顿请。

接下来，王六就利用"三讲"教育补课的机会，向"乱象"公开叫板，向腐败宣战。他通过组织手段，先后对280多个搞小团体、违反党纪政纪的党员干部给予公开纪律处分，一次性公开处理了59名干部，清退了150名吃空饷的"教师"，解雇了178名靠关系进入政府机关的雇用人员，近百名搞派系的人员被平调轮岗或免职。被他处理的干部，有私刻公章的，有大头小尾批地的，有自制发票收费的，有发展假党员和安排非党员担任村党支部书记的，有篡改"三讲"民意测验投票结果的……真是无奇不有。

捅马蜂窝，免不了被马蜂蜇。

在清涧工作四年间，全省被写告状信最多的是王六，甚至惊动了两位政治局常委，以及中纪委领导。全国人大和"三讲"办公室派专人来调查他。

告状信对王六的指控可谓五花八门。比如，县里曾发生一起农用机车交通事故。告状人指控，王六私开工程，这辆车是给他的建筑工地送料时翻入沟里的。

调查的结果，否定了所有对他的指控。

除了告状信，王六还接到无数的电话恐吓和匿名信威胁，也曾被人当面谩骂。

王六遍体鳞伤，但没有失败。

这与他的性格有关。他既和善，又强硬。

王六自嘲自己有一项"发明专利"：把县人大常委会的门牌直接刻在大门的水泥墙面上，解决了木门牌累次被人插入公共茅厕的尴尬。这或许也象征着，他像钢筋混凝土一样坚强！

一个老干部，因为医药费报销问题找他，他做了安排，等经费一到就给报销。但这人倚老卖老，不依不饶，频繁到他办公室，要向他本人借钱，还开口损人。王六终于忍无可忍，说："如果你好好说话，我就是清涧县委书记王建领；如果你还要胡来，老子是米脂街上的王六。"说着就一把揪住那人的领口，将其扔到门外。这人始料不及，一个马趴就倒在了地上。当时，王六也有点紧张，

清涧黄河第一桥

万一起不来，事情就大了。好在这人爬起来，骂骂咧咧走了，从此再没有来麻缠他。

王六认识到，穷是造成清涧"乱象"的根源。因此，在解决"乱象"问题的同时，他也注重抓经济发展，特别是解决关系老百姓生活的最迫切问题。

清涧县城有三万居民，日供水量只有400吨，居民吃水难的问题，50年没有解决。王六找到了省水利厅，说到动情处，他痛哭流涕。厅长被感动了，将清涧供水工程列为省水利厅一号工程。王六如愿以偿。

程安东省长来清涧视察，车队被人堵住，车身被石头砸了个坑。当省长的车掉头准备离开清涧时，王六一把拉开车门，自己坐了上去，一路向省长汇报工作，直到延安，终于讨到一笔大钱，在清涧修了一座黄河大桥。

清涧有个火车站，但火车站通往县城的是一条三级公路。王六到北京，找到交通部一位副部长，三级公路终于变成二级公路。

…………

在王六离开清涧时，清涧的"乱象"没有了，老百姓的气也顺了。

2006年年底，王六从榆林市调到商洛市。在榆林领导班子中，他排名第四，到商洛后，他排名第六。这样，他在官场也成了"六"。

2013年，王六被任命为陕西省档案局局长，兼档案馆馆长。这岗位，倒是很适合他。

学者生涯

我与王六相识，是2003年夏天，当时他任榆林市委常委、宣传部部长，在从榆林到神木大柳塔煤矿的车上，我们俩聊了一路。我发现他不拘小节，妙语连珠，特别爱"道奇话"（讲笑话），压根儿不像个官，更不同于我想象中的宣传部部长。

2010年12月的一天，我收到一个邮包，打开一看，像砖头一样厚的两本书，书名为《把根留住——陕北方言成语3000条》（以

我与王六、冯仑在大柳塔煤矿（2003年）

下简称《把根留住》），作者：王六。王六？真是王六？是王六，内封页工工整整写着"维迎兄雅正：品味陕北·品位陕北。王六"。

我对王六肃然起敬！《把根留住》全书分上下两册，收集了陕北方言成语3000多条，谚语、词汇10,000多条，加上例句、音标、注释及插图，共1400多页，120万字。陕北方言成语收集之全、范例之多、注释之详，前无古人。特别是标码数字、炭码码、阳（秧）歌场图、儿歌，是第一次有人整理出版。

这是多大的工作量啊！王六，一个司局级官员，过去四年里，一直担任商洛市副市长，主管农业。他哪来的时间写书，而且还是这么厚重的书？何况他还没有学会电脑打字呢！

王六后来给我解释，他写书是利用晚上和其他业余时间，没有影响本职工作。事实上，他主管农业和扶贫工作期间，商洛市的"三农"工作和扶贫工作还受到了上级表扬。2011年8月，全国扶贫工作现场会在商洛市举办，商洛市扶贫、低保两项制度衔接的经验被推广。

在写书的几年里，王六几乎拒绝了所有的应酬。甚至有时候开会，别的人在作报告，他就在笔记本上写自己的书稿，假装做笔记。不止一次，会议结束了，他不知不觉，还在继续做"笔记"。

王六说，他这本书，很大程度上是王克明刺激出来的。

王克明是曾在延安插队的北京知青。刚到陕北时，听不懂陕北方言，知青们经常闹笑话。比如，有一次，一位女知青听农民聊天时说到"乃（gai）劳"，好奇问之。"乃劳"在陕北话里，指妻子有外遇的男人，意思相当于"戴绿帽子的男人"。见问，农民尴尬，随便应付："念过高中就是乃劳。"不料，女知青欣喜若狂，说他哥哥和姐姐都是乃劳，她的一些亲戚也是乃劳。

为了融入陕北生活，王克明决心学会陕北话。慢慢地，他对陕北话产生了好奇，进而开始专注于陕北方言的研究。他惊讶地发现，陕北方言里充满了文言词、古汉语。听陕北人说话，就是听文言文，能听见古代的声音。几十年下来，他收集了3900多条陕北独有的口语词汇，其中能找到古代出处的，有近1500条，包括古老的词汇，也包括唐宋以来乃至元代以降的古白话文里的词汇。他呕心沥血数十载，写成了皇皇巨著《听见古代——陕北话里的文化遗产》，2007年由中华书局出版。

张东升，一个在北京工作的陕北人，一下子买了200本《听见古代——陕北话里的文化遗产》，逢人便送。他对王六说，这是近年来出版的关于陕北方言的著作中最有可能传世的作品。

读了王克明的书，王六既敬佩，又惭愧。一个外来户，为了融入陕北生活，被迫学说地方土话，从简单的弄明白，到感兴趣，再到寻根问源，竟捷足先登，弄清了陕北方言之所以然。这怎能不让我们这些本土出生的陕北人惭愧？

王六有点坐不住了！刚好他因工作调动，担子减轻，就一头扎进了陕北方言的研究。

但全面解读陕北方言还真是件难事。斟酌再三，他选择民间成语作为自己研究的突破口。

其实，王六研究陕北方言，也可以说是"厚积薄发"。他至今说着一口地道的米脂话。他很早就注意收集陕北方言中的俗字、俗语、俚语、格言、民谣、怪话、顺口溜、歇后语，每有一得，喜不自禁，一本厚厚的记录本，伴随他官海沉浮几十年。没有多年的日积月累，他不可能在不到三年的时间，一笔一画，写成120万字的巨著。

故宫博物院前院长郑欣淼看过《把根留住》后，评论道："还没见有人如此梳理著录过陕北方言，自认为这书对语言文化的研究无疑极有价值。"

王六与妻子周燕的结婚照（1982年）

王六说，《把根留住》这本书，也包含了他夫人的心血。在一次赠书会上，西北大学中文系周燕芬教授一拿到书，就问："你们这个班底多少人？"王六说："一个半人。"旁人不解，问一个半人是什么意思，王六说，他算一个，他夫人算半个。

王六夫人周燕，与王六青梅竹马，小时候家境贫困，初中毕业十五六岁，就到建筑工地打工，熟悉底层民众的俗言俚语，为他提供了大量原词词汇。王六著书期间，夫人生病了，但怕王六因她而放弃写作，还带病帮他整理文稿，说希望尽快看到书。但她最终还是没有看到成书，在书稿付梓，她去世了。这是王六的遗憾。

从陕北方言成语开始，扩展到陕北文化的研究，王六欲罢不能。《把根留住》（再版时更名为《留住祖先的声音——陕北方言成语3000条》）出版后，他把周末和节假日都用于回陕北搞调研。调研时，他经常在农村的土炕上过夜，与农民彻夜长谈。几年下来，他走遍了陕北（包括榆林市和延安市）的25个区县。他说，每走访一个地方，每与农民聊一次，总会有新的发现。他编的《陕北民歌300首——找回祖先的声音》（五线谱版），于2017年出版。这本书除了300首民歌的歌词和曲调，还有与民歌有关的故事。2019年，商务印书馆出版了王六写的《陕北回眸——陕北话中话》和《陕北回眸——信天游说》。他还有《陕北回眸》系列丛书的三本书已交稿待出，包括《陕北之最》《无定河》和《山野撷英》。他还作为总撰稿人，与他人合作制作了六集陕北方言纪录片《陕北话》。去年秋，凤凰卫视的《文化大观园》栏目连续两期推出《陕北回眸》，由王六担任讲解主角。他还写了多篇反映陕北或陕西文化的散文，其中《又见核桃压枝低》一文，被选为2014年陕西省中考语文试卷阅读答问范文。

王六说，他研究陕北文化最大的感受是，文化不是高大上的，而是民间百姓的生活态度和细节。"陕北人不经意间挂在口上的方言，其实正是生命状态下的古代词汇孑遗，这种完全靠民间口语，而非官方规范原汁原味传承下来的语言文化，反倒为中华文明保留了一抹亮丽色彩。"

我也是土生土长的陕北人，至今说普通话还带着陕北口音，甚至不时冒出一句旁人听不懂的陕北方言。但我对陕北文化，是知其然不知其所以然。

王六的书激活了我的记忆，让我重新认识我熟悉的陕北方言。

我曾因为说不好普通话而自卑，但我现在为我的陕北话自豪。我的陕北话，陕北之外的今人可能"解（hai）不下（ha）"（听不懂），但古人"解下"（听得懂），因为我说的是文言文，发的是古音。陕北人称沙尘暴、旋风、旱灾为"旱魃"，出自《诗·大雅·云汉》"旱魃为虐，如惔如焚"。陶渊明的"归去来兮"，是陕北人的口头禅"回去（ke）来兮"。杜甫诗《登高》："风急天高猿啸哀，渚清沙白鸟飞回。无边落木萧萧下，不尽长江滚滚来。……"用普通话读不押韵，用陕北佳（县）吴（堡）方言读，则没有问题，因为"回"在陕北话里发音 huai，非 hui。

不曾想到，我在农村时说的话成语连篇。不信？读一读下面这则用陕北成语创作的短信："你走路喝林撋拉，说话憨溜少适，常常日急慌忙，不说圪情马匝。尔今（ge）你又糊得挖眉而道，鼻淌涎（han）水，站在那里憨溜不唧，唇眉现眼。把你还能得不行。快去（ke）。"（引自：王克明，《听见古代——陕北话里的文化遗产》）这段话 60 个字，包括了 7 个成语。陕北方言丰富多彩，仅包含"眉

(mi)""眼"两个字的词语就有 178 个之多,诸如慈眉善眼、喜眉笑眼、羞眉夆眼、灰眉土眼、挤眉弄眼、冷眉淡眼、没眉害眼、鬼眉怪眼、少眉没眼、贼眉溜眼……举不胜举,且个个传神,妙不可言。

我不曾想到,陕北话包含着丰富的历史典故。比如,"赫连倒阵"(做事干净利落),原来指匈奴王赫连勃勃用兵布阵的快速利落。"徽钦"一词在陕北话里是动词,意思是置人于死地,也用于吓唬人("小心我徽钦你",意思是小心我揍你),源于宋徽宗、宋钦宗。以徽钦二帝的经历来看,"徽钦"一词的确入木三分,十分形象。陕北成语"岑彭马武"(不适时宜地显强炫耀)中的"岑彭"和"马武",是指两位新莽末年的绿林,后来他们归顺刘秀成为东汉开国将领。

我不曾想到,陕北话其实是多个民族语言的混合,甚至包括一些外来语,真真切切反映了陕北曾经是个多民族征战、杂居、融合之地。"胡搅胡,汉搅汉",本意指汉人和胡人混居,陕北人用来形容混乱不清的状态。"卜椰"一词在陕北方言中指棒,"给你一卜椰",就是打你一棒,但这个词来自蒙古语。"婆姨"在陕北方言中指已婚女子、妻子,源自佛教梵文女居士之音译"优婆夷"。

如今,王六已是陕北文化的活字典,我是王六的忠实"粉丝"。

2017 年 8 月,我带周其仁、卢锋和黄益平三位同事去陕北,为

王六（右三）给周其仁等讲陕北窑洞文化（2017年8月）

了不虚此行，我特别邀请了王六和我们同行，他欣然应允。一路上，凡涉及陕北文化的问题，无论是方言、成语、民歌，还是建筑、风俗、地理，他都有问必答，让我们受益匪浅。他唱陕北民歌，原汁原味，地地道道。

王六很高兴，他有了传承人。他儿子王力田，在北京做生意，最近决定投资点钱，把米脂他家老宅子的一个四合院改造一下，建一个"陕北方言博物馆"。

王六说，儿子孝顺，懂得老子的心。

（2021年3月22日定稿。）

挂面书记和柳青作品收藏家

吴堡虽小,却出过一个大作家——柳青,以其史诗般的长篇小说《创业史》闻名于世。刚刚落成的『柳青文化园』,给了我新的惊喜。吴堡有一种特产,叫『手工空心挂面』,曾上过中央电视台《舌尖上的中国》,名扬天下。

我熟悉这两件事情的幕后英雄——两个小人物,一对好搭档,办了两件大事。他们用文化产业搞乡村振兴。

王德烽（右）与张永强（左）

黄河流经秦晋大峡谷有一段汹涌澎湃的激流险滩，其壮观气势仅次于壶口瀑布，故被称为"天下黄河第二碛"，简称"二碛"。二碛西岸有一个小县，名吴堡。那就是我的老家。

吴堡虽小，却出过一个大作家——柳青，以其史诗般的长篇小说《创业史》闻名于世。路遥说柳青是他的"文学教父"，陈忠实说柳青是他的"文学导师"。在我看来，了解20世纪的百年中国农村社会变迁史，三部小说必读：陈忠实的《白鹿原》、柳青的《创业史》和路遥的《平凡的世界》。

吴堡有一种特产，叫"手工空心挂面"，曾上过中央电视台《舌尖上的中国》，名扬天下。

柳青生长于寺沟村。寺沟和我们辛庄相距10里，同属张家山乡。20世纪90年代，从县城通往辛庄的简易公路改道经过寺沟，此后每次回辛庄，我都会在"柳青故里"的石碑前停一停，也多次带着朋友走进柳青出生和生活过的窑洞里参观。今年夏天再次路过寺沟，刚刚落成的"柳青文化园"，给了我新的惊喜。

说是柳青文化园，实际上是柳青文学村，它让寺沟的老窑旧院、石阶石墙，成了文学的载体，游人来到这里，从一个院子走向另一个院子，从一孔窑走到另一孔窑，如同行走于文学的世界。说是柳青文学村，其实是陕西作家村。这里不仅有柳青文学馆，而且有路遥文学馆、陈忠实文学馆、贾平凹文学馆，等等，500多名陕西知名作家的作品在这里相聚。说是陕西文学村，其实也是中国文学村，因为这几位陕西文学家都是中国现代文学的标志性人物。

吴堡手工空心挂面上《舌尖上的中国》，许多人误以为是我在背后做了工作。其实，这事与我一点关系也没有，我是在央视播出后才知道的。

但我熟悉这两件事情的幕后英雄——两个小人物，一对好搭档，办了两件大事情。我必须写写他们。

挂面书记王德烽

王德烽出身农家，两岁丧父，靠母亲一手拉扯大，中学毕业考入绥德师范学校，师范学校毕业后先在一所小学任教，一年半后调任乡教育专干，29岁就被任命为薛下村乡乡长，也算是光宗耀祖了。

但走仕途不像登石阶，步步高升。德烽当乡长5年后，既没有升任书记，也没有调回县城在某个职能部门任局长，而是被调到条件更差的张家山乡任乡长。这让他没想到。张家山乡地处全县最北边，号称"吴堡的内蒙古"，生活艰苦，交通不便，是全县10个乡镇中干部们最不愿意去的乡。接到调令后，德烽很不开心，捂着被子蒙头睡了一整天。但共产党的干部，调令下了，只能服从，别无选择。这一点，德烽很明白。

德烽是2006年9月到张家山乡上任的，当时全乡正在根据县政府的部署，搞村村通公路。通公路涉及拆迁、土地调整、资金安排等多方面的问题，矛盾重重，他必须挨村甚至挨户走访，做细致的疏通工作。

转眼半年过去了。一天早晨，德烽来到冉沟村，看到一位70多岁的老人正在晾挂面，眼睛一亮。那一挂挂挂在屋檐下的挂面，如同水帘柱从天而降，是他见过最美的景色。他小时候生病，母亲会给他煮一小撮（手工）挂面吃，但他从来没有见过制作挂面的场景，也多年没有吃手工挂面了。张家山乡是挂面之乡，他早有所闻，但来这里半年多，他才第一次见到做挂面。

德烽和老人攀谈起来。老人姓霍，一看乡长对挂面有兴趣，两眼放光，滔滔不绝地讲起挂面的制作工艺和自己做挂面的故事。德烽听得入神。

冉沟曾是远近有名的挂面村，全村没有一户人家不会做挂面。但自改革开放后，随着中国经济的发展，农村人吃挂面的越来越少，

挂面让王德烽眼睛发亮（张永强摄）

做挂面不赚钱了，曾经的挂面村风光不再。

老人告诉德烽，他家在他以上五代人都是做挂面的，但儿子们不做了，外出打工去了。他和老伴在家，偶然做点挂面是为了自己解馋，不是为了卖钱，有时亲戚朋友需要，也给做点。谈到以后再也没人做挂面了，老人连声叹息，长时间无语。

说话间已到午饭时间，老两口要留他吃饭，德烽也没有推辞。两大碗荷包蛋清汤挂面下肚，德烽说，这手工挂面确实好吃，比他小时候吃的挂面还好，筋道、耐嚼、口爽，吃到肚里舒服。他后来把老人的挂面命名为"老霍家手工挂面"。

吃过挂面，德烽说想看看做挂面的全过程。老人说："从开始和面到最后切割包装总共12道工序，耗时将近24个小时，你有这耐心？""有！""那就等我下次再做的时候你来吧！"

但德烽心急，没过多久，就催着老人做，还请来了县电视台的摄影记者张永强，想把做挂面的全过程拍下来。他觉得，即使手工挂面这个传统手艺今后消失了，也应该留下点资料给后人。

70多岁的老人拗不过34岁的乡长。选了个好天气，一个做，一个看，一个拍。德烽体会到，做挂面是非常辛苦的事情，一晚上起来好几次，睡不成一个囫囵觉，每道工序都需要精心操作，稍有疏忽，就前功尽弃。

正当老人准备将挂面下架时，一阵狂风袭来，把一挂挂晾干的挂面刮落在地。这一次的挂面，算白做了。老人很沮丧。德烽帮助老人把散落在院子里的挂面收拾起来，离开了，心里满是歉疚。他想，应该帮助老人解决做挂面时的防风、防尘、防雨问题。这也成为他后来发展挂面产业时，首先着手帮助挂面户解决的问题。

德烽由此迷上了做挂面。在这期间，他还走访了其他几家会做挂面的农户。他有了个想法：应该让手工挂面起死回生。一来，手工挂面工艺应该算得上非物质文化遗产，应该保护，不能让它就此消失。二来，他算了一笔账，做挂面进入门槛低，不需要大的投入，适合留在农村的人发家致富。

2008年，王德烽被提升为乡党委书记，开始大刀阔斧地做起了手工挂面产业梦。他挨家挨户游说会做挂面的人做挂面。但挂面户担心的是，做那么多挂面卖给谁？德烽拍着胸脯说："你们只管做，卖的事我负责。"

既然乡党委书记负责卖，就有人开始做了。

但德烽对怎么销售挂面心中没数。他首先想到的是，让张永强利用电视台宣传手工挂面。2007年9月，张永强制作的"张家山手工挂面专题片"在县电视台《魅力吴堡》栏目播出，之后又相继在榆林电视台和陕西电视台相关栏目播出。

手工挂面上电视，使得德烽成为全县曝光率最高的官员，也使他成为全县干部议论的中心。有些人说王德烽爱出风头，不是一个干正事的。但这些风言风语没有动摇他对挂面产业的执着。他在张家山乡一待就整整12年，两年乡长，10年乡党委书记，这是少有的。但他无怨无悔。

不论张永强的挂面专题片对德烽的仕途产生了什么影响，吴堡的手工挂面在全市和全省出名了。看过挂面专题片的人感到，不吃张家山乡的手工挂面，就对不起自己的胃。

有张永强这样的记者帮忙，在电视上造声势似乎不是什么难事，但挂面还得一把一把地卖。王德烽没有把东西卖出去的经验，只有把东西送出去的经历。他想到，如果手工挂面作为礼品送，就不会积压在挂面户的手里，自己在挂面户面前也就没有食言。

当时上级部门来乡上考察工作，走的时候，乡政府的惯常做法是，给每人送些纪念品。德烽算了一下，这些纪念品的价格，和6

斤手工挂面的价格差不多，就决定以后乡政府的礼品都改成手工挂面。

当然，作为礼品送出去的挂面毕竟有限。好在开始的时候，被他忽悠做挂面的人并不多，也就没有造成积压。但随着乡政府对挂面户资助力度的增大，做挂面的人越来越多，甚至有些本来外出打工的年轻人也回村学做挂面了，挂面的销售就越来越成为问题。

德烽犯愁了。愁得睡不好觉，吃不下饭，逢人见面，言必称挂面，似乎卖挂面成了他的专职工作，自使用微信后，他微信的头像就是挂面，因而得了个"挂面书记"的绰号。

德烽无论去哪里吃饭，后车厢总是放着几把挂面，吃到最后，他就要大家尝他的挂面。有时候厨师不会煮挂面，或者他担心厨师煮不好，就自己下厨动手煮。

2008年中秋节我回村里时，德烽提着几盒包装精致的挂面来见我，说我认识的人多，能不能帮他找到好的销售渠道。我很敬佩他的执着，因为我觉得把自己正在做的事说得两眼放光的人，一定是有信念的人。可惜我一介书生，帮不了他的忙。后来他多次带着挂面来北京见我，我把挂面送给一些朋友，吃过的都说好吃。每次吃他送的挂面，我总觉得欠他点什么。有一次，我终于想到了物美连锁超市，就把他介绍给物美老总张斌。张斌很热情，说只要质量好，愿意帮忙，但一则由于当时生产的手工挂面还没有取得食品质量安

王德烽(中)向周其仁等讲解挂面的制作

全标志,二则如果真进入超市,产量又供不上,只好作罢。

德烽带着挂面参加各种各样的博览会,有时会有意外收获。

他一直想给手工挂面起个响亮的名字。在首届"榆林煤博会"上,陕西省副省长吴登昌走到吴堡展台,拿起一把挂面仔细端详了一番,说"哦,是空心的"。德烽突然有了灵感!从此,"手工空心挂面"就成为吴堡手工挂面的标准称谓。

其实,在此之前,德烽自己也没有注意到手工挂面是空心的,插在水里能吹出气泡。2017年夏,我带周其仁、卢锋和黄益平三位同事到辛庄,他们三位很好奇:挂面为什么是空心的?德烽解释了半天，到底也没能给出一个满意的答案。我的解释是："工（功）到自然空"。

有一年，德烽带着挂面去银川参加"一带一路"展销会，巨大的展厅里展位很多，但客人很少，等了好半天，他的挂面展位无人问津。怎么办？干脆吆喝吧！他突然扯开嗓子唱起了陕北民歌《泪蛋蛋抛在沙蒿蒿林》，接下来又唱了《赶牲灵》和《圪梁梁》。陕北民歌好听，他的嗓音也不错，唱到第三首时，全展厅的客人几乎都被吸引到他的挂面展位，挂面卖出去一大半。买挂面的居然有外国人，德烽好开心。他觉得，这也应该算走出"国门"吧。

德烽还曾到深圳等地推销挂面。他让挂面师傅跟着他，现场示范挂面制作，他自己当助手，结果还真谈成了几个合作协议。

在挂面的销售上，张永强确实帮了王德烽的大忙。除了制作电视专题片，张永强自己也做起了挂面生意。在挂面2.5元一斤都没人收购，王德烽急得火烧眉毛的时候，张永强注册了"吴堡县张家山乡老张家手工挂面专业合作社"和"柳青故里"挂面品牌。他以4.5元一斤的价格从挂面户手中收购挂面，然后装在精美的礼品盒里出售，卖得很不错，连县上接待送礼都要张永强直接供货。

张永强销售挂面赚了不少钱。不过，他的钱都用于柳青作品收藏了。

柳青作品收藏家张永强

张永强生于1975年，比王德烽小两岁。

在德烽开始做"手工挂面梦"的时候，永强开始做另外一个梦。机缘巧合，两个梦让二人携起手来，或者说，有了相互利用的机会。

2006年7月2日，是柳青90华诞。县委宣传部一位副部长带着张永强来到寺沟，制作一个纪念柳青的专题片。拍摄到最后，需要一些柳青作品的影像素材，但找了好久都没有找到，让永强感到非常遗憾，甚至有些愧疚。他萌生了一个念头。

永强的母亲是寺沟人，他的外祖父与柳青是小学同学。永强出生后不到半个月，就被送到外婆家，直到小学二年级才回到县城父母身边。外祖父曾给他讲过柳青小时候的故事，他记忆犹新。这么一位赫赫有名的大作家，他的家乡居然找不到他的作品！永强的心情难以平静。他觉得自己有责任搜集柳青的作品，并搞一个柳青文学馆。

但收藏柳青作品是需要花钱的。作为县电视台的记者，永强当时只有微薄的工资，还得养家糊口。在榆林市古旧书店一次花了100多元买下6本柳青的作品后，他就感到力不从心。他想到应该找个出钱的主。所以当王德烽找他拍摄挂面专题片时，他觉得像遇到了救星。他对德烽说，张家山乡作为柳青的故乡，应该建一个柳青文学馆，把柳青变成张家山乡的一张名片。"我帮你宣传挂面，你替我收藏柳青，如何？"

德烽觉得这个主意不错，就应承了下来。

有德烽出钱，永强买书就无所顾忌了。永强不知情的是，乡政府没有这笔预算，德烽其实是自掏腰包，让永强买书。

永强日夜在旧书网站搜寻，频繁奔波于榆林和西安的各个古旧书店，甚至专程跑过北京潘家园古玩市场、报国寺旧书市场。无论在哪里，见到柳青的书，他就眼睛发亮，一定买断，自己夹扒下几本，把其他的交给德烽报销。陕北话"夹扒"，是克扣的意思。

但慢慢地，永强变心了，有了强烈的占有欲。他已通过卖挂面积累了几万元的资金。自己有钱了，有希望成为"柳青收藏第一人"，何必让王德烽分享殊荣？他决定甩开德烽自己干。但他没有把自己的决定告诉德烽，德烽长时间被蒙在鼓里。

但永强还是低估了实现目标的代价。他原以为，柳青出版的小说并不多，不过就《创业史》《铜墙铁壁》《种谷记》等几本，各种版本加起来估计也就几十种，有几万元、最多十几万元就够了。但他很快就发现，要实现"柳青收藏第一人"的目标，需要收藏的东西超出自己的想象。旧书市场上不时冒出他不曾听说的东西，不仅有各种版本的书，还有杂志、文献、手稿、报纸、照片，甚至稿费单，等等。除了中文的，还有多种外文版本。每收藏一件常常牵出另一个线索，像进入一个无底洞，永远看不到尽头。

收藏真是一种奇怪的行为，一旦有了目标，就会上瘾；一旦上瘾，就难以自拔。而且，每一件新的、未到手的发现，似乎都比原有的更有价值。这与经济学的边际效用递减原理不符。比如，柳青的第一部长篇小说《种谷记》共出版过 18 个版本，永强觉得，缺少任何一个版本，就像只收藏了一半。因此，他总是愿意为新发现的版本支付更高的价格，一直到 18 个版本收全为止。

在收藏过程中，永强觉得，仅仅收藏柳青不够，还应该收藏路遥、陈忠实、贾平凹，因为这三个人都受到柳青的影响。很快，他又觉得，仅仅收藏柳青、路遥、陈忠实和贾平凹也不够，应该收藏所有陕西知名作家的作品。

这样，永强的目标就由"柳青收藏第一人"演化成"陕西文学收藏第一人"！

永强在图书收藏圈的名气越来越大。许多人知道，吴堡有个张永强，专门收藏陕西作家的书，特别是柳青的作品和文献资料，有货必买，贵贱不论。这样，许多人愿意主动联系他，给他提供信息。这意味着，花钱的机会越来越多。

结果是，永强把自己的财务状况搞得一塌糊涂。卖挂面赚的钱花光了，工资搭进去了，他就高息借债。我曾看过他保存的几张借条，借款数目 5 万、9 万、10 万不等，账期有 3 个月的，也有 1 年的，月息都在 1.5 分至 2 分之间，上面不仅有他本人的名字，还有担保人，按着红红的手印，让我想起了"杨白劳"。

自着迷收藏以来，逢年过节，永强没有给父母买过一件礼物。

张永强和夫人杨晓娜在他的收藏室

他与前妻生的小儿子完全交给父母养活。2014年他第二次结婚时的房子,是未婚妻用自己的11万元积蓄购置的。幸运的是,结婚之前,他没有资格动未婚妻的钱。首次拜见岳父母,提亲的礼物还是妻子替他买的。

有段时间,生活太窘迫,连吃饭的钱也没有,永强曾考虑把自己的收藏转手卖了,但终究下不了决心。实在舍不得。

永强给我讲他的收藏故事时,时而兴奋得手舞足蹈,时而难过得捶胸顿足,不时地冒出一句:那时候我太恓惶了。

2011年11月,有人在网上拍卖柳青1960年首版《创业史》上下册硬皮精装本，售价3000元，当永强准备好钱的时候，书已被内蒙古的一位收藏者以3580元的价格买走了。他悔恨自己出手太慢，设法联系到该书友，说自己是"柳青的外孙"（按辈分没错），正在搜集柳青的作品，在《创业史》的所有版本中，唯独缺少这套，希望对方把这套书转卖给他。经过反复沟通，对方同意以1万元的价格把书转给他，永强激动得热泪盈眶。据了解，这个硬装版本只印过200套，是专送重要人物的，目前国内仅发现4套。

2015年6月，张永强得到消息，北京报国寺将在下周举办全国红色报纸收藏展，一个收藏家手中有6份1946年前出版的《解放日报》，上面刊登有柳青的多篇文章，包括《王老婆山上的英雄》《废物》《被侮辱的女人》《一个女英雄》等，这些文章是柳青在抗战期间回到家乡吴堡，采访宋家川人民和八路军打响黄河保卫战时写的，都是首次发表，存世绝少，极具收藏价值。他想把这些报纸买下来整理出版，作为2016年柳青诞辰100周年的重要献礼。但他已身无分文。为了不使这几份珍贵的报纸落入外地人之手，他在朋友圈发起了"众筹"，但无人响应。无奈之下，他借了一笔高利贷，瞒着妻子只身来到北京，花了2万多元把6份报纸买下来。他在朋友圈"为自己点赞"，感叹道："你可能一桌饭花掉一两万不心痛，但是让你花一两万买回几份有关柳青的旧报纸，你舍得吗？"

2016年10月，路遥《平凡的世界》第一版第一次印刷的硬皮精装三部在网上拍卖，其中首本书是路遥亲笔签名送给友人的，可能是全国留存的不多的一套该版签名书了。尽管永强之前已收藏了多个版本的《平凡的世界》，但他还是花掉了自己两个月的工资，以 10,050 元的价格把这套书竞拍到手。他在朋友圈写道："今生只有两行泪，半为柳青半路遥。"

与《平凡的世界》编辑审稿资料失之交臂，永强至今仍然痛悔不已。2015 年，中国文联出版社有关《平凡的世界》的一沓审稿单（1988 年）出现在网上，内有多位编辑的审稿意见等相关资料，内容完整，资料翔实。书友们评估这套资料的价格在 1 万元以上，张永强准备出 2 万元买下。拍卖从 60 元起价，竞价到 1520 元的时候，他开始介入，一下就加价到 2000 元，之后就只有他和另一位代号为 aqzdw 的书友竞争了。他每次加价 500 或 1000 元，对方加价每次都是 20 元，竞价到 30,000 元的时候，他知道自己必须向拍卖账户充值了，否则他最多只能加价到 35,000 元。他和妻子通过微信向多个朋友发出紧急借钱呼救，等到终于借到 1 万元的时候，已经来不及了。对方以 35,020 元的价格拿到标的物，永强彻夜无眠，心里难受极了。他联系对方，希望对方以 42,000 元的价格转给他，但没有回音。他在朋友圈写道："痛苦：心情无法形容……白白让陕西文学史上两套珍贵资料流向外省。"

2015 年夏的一天，张永强接到一个书友的电话，说自己手头有一本陈忠实看过的《创业史》，书的封面用奖状包着，上面还有陈忠实自署的笔名"陈忱"。张永强不太相信，但又怕错过机会，还

张永强向陈忠实求证（杨晓娜摄）

是花了 5000 元买下。买下后心里不踏实，去问一位熟悉陈忠实的朋友，朋友说肯定是假的，因为陈忠实从来没有用过笔名。为了确认书的真假，他约好 9 月 30 日见陈忠实本人。去的时候他带着吴堡的挂面、小米和荞麦面碗托。陈忠实一见到书，就激动起来："哎呀呀，你从哪里搞到这本书？"陈忠实确认，此书是他在南泥湾五七干校劳动时读过的书。他还向张永强谈了自己读《创业史》的经历："白天劳动，晚上点上自制的煤油灯，开始读书学习和小说创作。《创业史》前后翻破了九本，你收藏的便是其中的一本，也是目前存世仅见到的。当时是禁书，所以得包上皮皮偷着看。"陈忠实还确认，"陈忱"是他的笔名，但很少用，只有少数朋友知道。

原定 10 分钟的见面谈了半个多小时。当永强请求陈忠实为"柳青故里"题名时，陈忠实爽快地应允。题名后，陈忠实还主动给永强书写了一幅字，内容是柳青的名言："人生的道路虽然漫长，但紧要处常常只有几步。"陈忠实当时刚检查出已到癌症晚期，半年后去世。

财务上的窘境让永强学会了打感情牌，尽量少付点银子。2017年2月，东北一位书友说自己有贾平凹短篇小说《A县城》的手稿和编辑部的退稿信，共6页，要价60,000元。张永强拿不出这么多钱，就和对方套近乎，给对方讲述自己如何如何热爱贾平凹，手头又是如何如何拮据，对方为他的诚心感动，最后减价到22,000元。但永强又开始纳闷：不会是假的吧，难道还有人敢退贾平凹的稿？他发短信让贾平凹鉴定，贾平凹立即回复说，是他的真迹，但没有发表过。于是，张永强马上把款打过去。他很自豪收藏到贾平凹早年的这份手稿。

收藏让张永强变成了柳青专家、陕西文学专家。谈起任何一本他收藏的书和文献，他都如数家珍。

走进《舌尖上的中国》

卖挂面的收入，是永强收藏的主要资金来源。他特别热心于手工挂面的宣传，不仅是为了帮助德烽，更是为了自己。

吴堡手工空心挂面在陕西小有名气后，永强和德烽商量，要想办法让挂面上中央电视台。他们锁定了央视《致富经》，因为《致富经》

是当时收视率最高的农村栏目。

但这时候，绥德县的黄馍馍在央视《舌尖上的中国》播出了，在当地引起轰动。

黄馍馍是陕北流行的粗粮食品，不仅绥德有，其他地方也有。绥德和吴堡相邻，绥德的黄馍馍能上《舌尖上的中国》，吴堡的"手工空心挂面"为什么不可以呢？德烽和永强从《致富经》移情别恋到《舌尖上的中国》。

说干就干！永强立马给央视领导写信，请求《舌尖上的中国》栏目组来吴堡拍摄"手工空心挂面"。但等了几个月没有任何反应，这封信似乎石沉大海。

2013年9月的一天，永强突然接到一个来自北京的电话，对方说自己是央视《舌尖上的中国》栏目组的，想来考察一下吴堡手工空心挂面。张永强没有立马反应过来。那时候，打着"央视"名头的骗子很多，张永强以为对方是骗子，就把他胡乱指到岐山县和兴平市，说那里的挂面好，你们就去那里拍吧。

几天后，对方又打来电话，说他们已经去过岐山和兴平了，不行，还是想来吴堡看看。永强问："为什么不行？"对方回答："岐山的挂面生产太现代化了，而兴平市委宣传部的人说，他们的挂面刚上过央视《致富经》，没有兴趣再上《舌尖上的中国》了。"

永强这才意识到，对方真的是《舌尖上的中国》栏目组，不是骗子。

永强立马向德烽做了汇报，二人精心筹划了接待工作，下定决心，一定要把即将到手的"鸭子"牢牢抓住、煮熟。

2013年9月27日，德烽一大早就带着永强，驱车180公里到榆林机场，接到《舌尖上的中国2》的两位导演，一男一女，男的叫陈磊，女的叫邓洁。

他们首先带客人到刻意挑选的一家绥德饭馆吃午饭。看到门口挂着的"舌尖上的中国——黄馍馍"招牌，两位客人感到非常亲切。"黄馍馍"那一期是他们的同事制作的。

在返回张家山乡的路上，德烽有意提前下高速，在坑坑洼洼的简易土路行驶。他想，让客人感到这里交通不便，好东西卖不出好价钱，也许有助于他们选择拍摄张家山乡的挂面。毕竟，人是有同情心的，何况他们是中央电视台的导演。两位导演都是上海人，从来没有来过黄土高原，这里的山，这里的峁，还有漫山遍野的大红枣，让他们感到心旷神怡，美不胜收，连声说"陕北的秋天真美！"。这也是德烽和永强希望达到的效果！

经过两三个小时的颠簸，他们终于来到了"挂面村"高家塄。德烽和永强领着两位导演相继到几户人家踩点，这几户人家之所以被选中，不仅因为他们的挂面做得好，也因为他们都是张永强的"供货商"，而且都姓张，张永强公司的名字就叫"老张家手工挂面专业合作社"，尽管其注册地在寺沟村（寺沟村没有姓张的）。但看了之后，两位导演不甚满意，不是说院子太小，就是嫌大门太窄，不适合航拍。

正当德烽和永强一筹莫展的时候，对面坡上两排窑洞的一户人家，让两位导演眼睛一亮，问："这户人家做挂面吗？"得到的回答是，过去曾经做，但自老头得病后，已有两年没有做了。客人说，去看一看吧。

这一看，就有戏了。

两位导演跟着德烽和永强，走进了张世新和薛守纪老两口的家。陈磊导演后来回忆道："我问他会不会做挂面，他突然眼睛放光，嗓门不自觉地提高了八度，一条条车辙似的皱纹也跟着生动起来。他说自己手艺好，是因为贪得了黑，吃得起苦。做挂面是个辛苦的活计，从醒面开始就不能睡完整觉。爷爷浓重的陕北口音掷地有声：老祖宗的手艺，就这样一代传一代，传下去的。我知道，他就是我要找的主人公。他的眼神，他的笑容，都印在我的脑子里挥之不去。"

原来，央视导演挑选拍摄对象的标准，不仅有做挂面的手艺、庭院环境，还有挂面人的脸。这是德烽和永强不曾想到的。

当得知如果手工空心挂面在中央电视台播出，全村、全乡的挂面都会畅销时，老人一口就应承下来。这就有了后来的"张爷爷挂面"。

为了让两位导演坚定信心，德烽告诉客人，这里的人不仅挂面做得好，而且还唱挂面歌。导演一听就兴奋起来，要他把唱挂面歌的人找来唱一唱。这下麻烦了！当地没人唱挂面歌。情急之下，德烽给寺沟村支书刘绍海打电话，要他赶快到乡政府来，边走路边编挂面歌词。刘绍海确实是一个民歌高手，等踏进乡政府大门的时候，他的歌词也编好了。他套用《三十里铺》的曲调，唱了一首凄凉而洒脱的《挂面歌》：

> 提起（哪个）家来家有（哪个）名，
> 家住在吴堡（哪个）挂面村；
> 手艺来自（哪个）老祖宗，
> 一代一代（哪个）有传人。
> ……

两位央视导演听得如醉如痴。陈磊导演说，等拍片的时候也要请他来唱。后来拍摄时，确实请他唱了，但播出的节目里没有他。他说，中央电视台也哄人啊！

踩点工作完成后，央视导演走了。

大约十天后，陈磊导演给德烽和永强发来电子邮件，说领导已正式批准在张家山乡拍摄"吴堡手工空心挂面"。陈磊还提出一个小小的请求：拍摄期间，希望能给节目组提供一个洗澡的地方。原来，在踩点的时候，两位导演曾考察过住宿条件，知道住的地方没有洗澡间。

德烽满口答应下来。他理解，"请求"实际上是"条件"，人家只是没有明说罢了。

到此时，这件事已引起了县领导的高度重视。县委书记王华责成县委宣传部负责全面协调；县民政局要不惜成本，帮助张家山乡政府一周内建好洗澡间。

德烽没有食言。洗澡间工程10月13日开始动工，央视节目组18日到达张家山，第二天就可以洗澡了。这是张家山乡政府建的第一个洗澡间。

在德烽忙于洗澡间工程的同时，永强正熬夜为央视撰写"吴堡手工空心挂面"节目的解说词。永强很兴奋，自己在县电视台从事新闻工作12年，现在终于有机会为中央电视台写稿子了。但他有点自作多情，央视节目组压根就没看他写的稿子。

拍摄工作很顺利。张爷爷虽然身体虚弱，但情绪高昂，在摄像机下指挥着儿孙们，有条不紊地完成着整个手工挂面制作"工程"，并亲自盘面、搓条、上筷子。节目在《舌尖上的中国2》播出后，慈祥的"挂面爷爷"成为吴堡手工空心挂面的形象代表。

不幸的是，节目2014年4月25日播出，"挂面爷爷"5月2日就与世长辞了。

节目播出一周后主人公就去世，这在央视《舌尖上的中国》栏目史上绝无仅有。永强是第一个获此消息的记者，在给张爷爷家属送去1000元的慰问金后，他给多个媒体提供了新闻线索，他的身、音不时出现在报道张爷爷去世的新闻中。

《舌尖上的中国2》讲述"吴堡手工空心挂面"节目的播出和随

挂面书记和柳青作品收藏家

挂面乡的秧歌节（张永强摄）

后众多媒体的二次传播，让"吴堡手工空心挂面"变得家喻户晓，也让吴堡这个小县出了大名。激增的对挂面的需求，让更多的农户加入做挂面的行列。辛庄村就有一对年轻夫妇，本来在外地工作，听说做挂面能赚钱后，就辞职回了村。回村后，男的管生产，女的管销售，还开发了几个新品种，挂面生意做得红红火火。类似的情况还不少。

《舌尖上的中国》让永强卖出了更多的挂面，也就有了更多的钱用于收藏。节目播出前一周，永强就在淘宝上注册了"吴堡张家山老张家手工空心挂面店"，并储备了1000斤挂面。这个主意是陈磊导演给他出的。果然，节目播出的当天晚上，他就接到几百个订单，

1000斤挂面销售一空。之后有一段时间，他每天的挂面销售量达到两三千斤。

但永强算不上一个老道的商人，在几宗比较大的交易中，他轻信了买家，货发出去了，款却迟迟收不回来，让他对卖挂面失去了信心，从此告别了挂面生意。

《舌尖上的中国2》关于"吴堡手工空心挂面"的节目播出后，中央电视台《外国人在中国》节目组、2015年"农民春晚"节目组和湖南卫视等相继来张家山拍摄场景，德烽对张家山乡的挂面产业信心大增。

根据德烽的建议，县委宣传部投资，邀请专业人士拍摄了故事片《一把挂面》。这部故事片获得加拿大温哥华国际华语电影节"多元文化奖"。我没有看过电影，但东方歌舞团赵大地唱的电影主题歌让我听得动情：

> 隔山（哪个）隔水（呦）不（哪个）隔音，
> 一把（哪个）挂面（呦）拴住两颗心；
> 碗瓜瓜山上望白云，
> 难活不过人想（哪个）人。
> ……

寺沟柳青文化园

至 2013 年春，也即《舌尖上的中国 2》拍摄半年前，永强已收藏有 324 本（件）柳青的作品和有关文献。他想在张家山乡建一个"柳青文学馆"，把这些藏品展出，让更多的家乡人看到柳青的作品，体会柳青的精神世界。

德烽没有因为永强曾经的"背叛"而怨恨他，同意把乡政府的几孔破旧窑洞拿出来，作为柳青文学馆的场地。这些破旧窑洞在人民公社时代是公社粮站，比一般窑洞大得多，在粮站关闭后，数十年闲置不用。

永强让他父亲负责施工，对窑洞和院子做了彻底整修和精装修，连同布置展厅，共花了 60 多万元，这 60 多万元都来自他个人名下的贷款。这样，张家山乡就有了个像模像样、内容丰富的"柳青文学馆"。永强还请著名国画家刘文西题写了馆名。在柳青文学馆旁边，他又打造了一个挂面博物馆，既是为了宣传挂面、卖挂面，也是为了使得柳青文学馆不太孤单。

2013 年 5 月 25 日，柳青文学馆迎来了第一批参观者——张家山镇中心小学的 30 多位学生。这所小学曾是一个规模很大的中学，我就是在这里读完初中的，但现在变成了全乡唯一的小学。永强花了一上午的时间给小朋友讲解柳青和挂面，结束时，他问大家："柳青是干什么的？"小朋友们异口同声地喊道："做挂面的！"这让他很难堪。

永强的收藏引起了县领导的关注。2018年3月,吴堡县委和县政府决定利用乡村振兴示范的机会,投资2000万元,在寺沟村建立"柳青文化园"。柳青文化园建设领导小组由县委宣传部部长李光泽任组长,永强是11名成员的最后一员,也是唯一没有官衔的一员。永强能进入这个领导小组,是因为县领导知道,没有他的收藏,柳青文化园不过是一些空房子,没有什么意义。

2020年夏天,当我回辛庄路过寺沟时,柳青文化园已布置就绪,开始迎接参观者。我应该是最早的参观者之一。

柳青文化园坐落在一个三面环山的坡上,有错落有致的20个院子,20个院子里有77孔窑洞,77孔窑洞里展出着500多位陕西作家的1.4万多本文学著作、1.5万多份手稿和300多件实物资料。这里收藏有陕西第一份报纸、第一份杂志,馆藏最早的一套书是张载的《经学理窟》,成书于清康熙年间,距今已有345年。

这些珍贵展品都是永强独资收藏的。

柳青文化园有一面作家签名长墙,从下至上拾坡而建,上面刻有180多位著名作家为柳青或柳青文学馆的题词,其中包括两位诺贝尔文学奖得主(中国的莫言和法国的勒克莱齐奥)、20多位茅盾文学奖得主、两位原文化部部长(贺敬之和王蒙)。

这么多名人的题词,都是永强一个人"讨"来的。

据说,为了说服永强把收藏捐献出来,县委、县政府最初决定

挂面书记和柳青作品收藏家

柳青文化园一角（张永强摄）

给他奖励250万元。县委书记王华找到王德烽，委托他与永强沟通，因为大家都知道他们二人关系要好。德烽找到永强，永强一听，眼泪汪汪，半天说不出一句话。他的心情很复杂。他想起12年收藏的酸甜苦辣；想起几年前县城里人们对他的流言蜚语，说他搞收藏是想发大财。他想到，这些收藏从此就不再属于自己，政府能照管得好吗？他还觉得，二百五这个数字也不好听，本来就有人说他是个二百五。

在心情稍许平静后，永强结结巴巴地对德烽说，对他的奖励能不能增加到260万？这样至少可以补偿他的收藏成本。

王华书记请永强到县委常委会上做汇报。永强不善言辞，和妻子杨晓娜商量后决定，由晓娜主汇报，他在旁边做补充。

2019年6月27日下午，县委常委会如期召开，晓娜短短十几分钟的汇报，感动了所有在场的人。常委会讨论后一致同意，把奖励增加到300万元。

在撰写这篇文章时，永强给我发来了晓娜的汇报稿，我读了好几遍，真的好感人！特摘录几段如下：

我们夫妻俩收藏的这些珍贵的陕西文学文献资料，不仅需要财力和精力，更需要文学底蕴和十几年的坚持，是我们用汗水和心血收集回来的。

这些书就像自己的孩子一样，看着很亲切、很有感情。收集每本书背后的故事很辛酸、很难受，根本不是别人想象的那么容易的样子。为了搜集全部的陕西作家的系列资料，我们放弃了多年来在西安、榆林买房的机会，把我俩的所有工资、存款和每年卖挂面挣的钱凑起来，投入到无休止的收藏事业中。每天、每周、每月、每年，不停息联系全国各地的人，征集陕西所有作家的资料。

…………

对于这些藏品，没有想过营利目的，因为现在，对文学不怎么重视了。为了提升柳青村的知名度，几年来，永强个人凭着一股对家乡的热爱，默默地，春夏秋冬奔波在全国各地，拿着现金、提着沉重的土特产找名人题字，先后找了中国最著名的近200位作家为吴堡柳青文学馆题字，其难度和背后付出的艰辛故事，根本没有人懂，也没有人理解，有时候背后还招来一些流言蜚语。同时，也可以骄傲地说，放眼全中国，也没有第二个人可以为吴堡柳青文学馆求得这么多题字。起初，我们只想着以后在寺沟村，自己租上些房子，把这些陕西文学家的珍贵资料展出来，把名人的字刻碑立在公路两旁。现在大家常去寺沟村见到的公路两旁著名作家陈忠实、高建群题词的柳青故里石碑上面的题字，也是我们五年前个人求来的，无私提供出来用于寺沟宣传柳青，也从未向县上提过任何条件，只想为柳青故里文化旅游业大开发尽一个吴堡人的责任。

从去年开始，西安长安区和榆林的一个房地产老板，多次商量高价购买这些资料，用于商业目的在长安区集中展示，放在他们今年即将建好的陕西文学馆内，来提升长安在文化打造方面的知名度，被我们拒绝了。这些珍贵的资料，都是真金白银和多年的心血换回来的，有凭有据，它们是有市场价值的。现在无论任何个人、任何组织，花多少钱也无法购买齐全的。我们很热爱家乡，一直对家乡有很深的情怀，看到县委、政府倾力打造柳青村，我们很感动，愿意以成本价260万元左右不含税捐赠给县上。

....

没有结束的故事

2018年5月28日,王德烽调离了张家山乡,出任县人大副主任。他突然感到有点无所事事,操心了12年的挂面与他没有关系了。

我曾建议他,干脆辞职下海自己经营挂面。他说,还是下不了这个决心。

2019年3月11日,吴堡县成立了"挂面产业领导小组",王德烽被任命为组长,他又兴奋起来。这是命,也是使命!

德烽说,他要打造"吴堡挂面产业园区"。

永强现在是柳青文化园的义务讲解员,他的本职工作还是县电视台记者。

我对永强说,你应该毛遂自荐,担任柳青文化园的园长。但永强说,自己更适合干具体事,不擅长处理复杂的人事关系,何况自己现在还是"工人身份"。

永强说,接下来他最想做的事,是拍摄一部慕生忠将军的纪录片。慕将军是吴堡郝家山村人,20世纪50年代,他领导修了一条路,叫"青藏公路",同时还建了一座城市,即"格尔木市"。永强曾是一位军人,特别崇拜慕生忠将军。

期待德烽,期待永强,继续心想事成!

(2020年9月1日定稿。)

同学田丰

在田丰面前，我唯一自信的是自己的逻辑思维能力。但田丰有很强的学术反叛精神。他下海，不是因为物质财富的吸引力大，而是他对教授传统的政治经济学理论失去了兴趣。他觉得孤单，说自己在学校从来没有遇到支持者。我想，如果我研究生毕业后留在西北大学，也许他不会下海。当然，也有另一种可能：我们两人都下海。

他是一个真正的陕北人！

我与田丰合影（1993 年）

我家的摄影师

我现在能找到的父母最早的照片，拍摄于1980年正月。当时父亲50岁，头上扎着羊肚子手巾，一条白布腰带缠着黑棉袄，看上去像电影里典型的陕北农民；母亲45岁，穿着深灰色棉袄，比我记忆中的年轻。父亲之后不久就不再这样装饰自己了，栽绒帽子代替了羊肚子手巾；母亲在晚年的时候也喜欢穿花色外套了。

这张黑白照片是大学同班同学田丰拍的。仅凭这一点，我就感激他一辈子。

父母是1952年结婚的。虽然美国人乔治·伊斯曼早在1888年就发明了手持胶卷相机，并很快风靡全美国，但20世纪50年代的陕北农村，结婚照还是难得一见，我估计其他地方的农村也大致如此。当时有些私人照相经营者扛着大相机，偶尔来到村里，但由于收费高，很少人家愿意光顾。

母亲结婚后照过一次相，是和我一位远房姑姑的合影。这位姑姑比母亲小几岁，和母亲情同姐妹，嫁给了一位在铜川煤矿挖煤的工人，因而负担得起照相费用。但我家的这张照片被我撕坏了，当时我两三岁，母亲为此还打了我屁股。顺便说一下，小时候母亲打我，从来不打脑袋，因为她听人说，打脑袋会让孩子变笨。记得有次父亲在我后脑勺扇了一巴掌，母亲和他大吵大闹一通，从此之后，父亲也不再打我脑袋了。

2008年母亲去世后，这位姑姑从铜川赶来奔丧，我向她要来了她家保留的她和母亲的合影，夹在自己的钱包里，准备找时间翻拍一下。不幸的是，还没有来得及翻拍，一次在饭馆吃饭时，钱包被小偷偷走了（也可能是自己丢了），这让我后悔莫及！我恨小偷的缺德，也恨自己粗心大意。再也找不到母亲年轻时候的照片了！

这样，田丰拍的这张照片，就成为我能见到的母亲最年轻的形象。

徒步到辛庄

我和田丰是西北大学经济系77级同班同学，并且住在一个宿舍，关系要好，甚至可以说如胶似漆。

田丰家在北京，父母都是七机部一个研究所的工程师。1974年高中毕业后，他自愿到延安插队，是我们班九个北京知青之一。

田丰和我父母及两个妹妹合影（1980年正月十三）

1980年春节，是我们上大学后的第二个春节，我回吴堡老家过年，他没有回北京，说是想到陕北走走，还计划春节后来我家看看。

春节过后，我一直等着田丰的到来，但过了正月初十，还不见他的踪影。那时候没有办法电话联系，春节期间邮递员也放假了，他曾给我写过信，但我没有收到。马上开学了，我以为他不来了，就决定返校。正月十二上午，我背着行李离开了家去公社所在地，傍晚时分，终于搭上一辆拉煤的车。车已启动即将出发的时候，公社秘书王文发大喊大叫要我赶快下车，说家里打来电话，我的大学同学到我家了。好悬！再晚几分钟，我就走了，他会多么失望！见到他后我才知道，他一大早从绥德县曹家沟曹探校同学家出发，由于不熟悉路，多绕了30多里，徒步9个半小时，等到我家时，已是下午5点20分了！

母亲一贯待人热情，见到我的大学同学，又是北京娃，更是喜出望外，热情得不得了。但这一次，母亲的热情也带来了问题。田丰一路上只啃了几口探校母亲给他带的馒头，进我家门时已是饥肠辘辘，筋疲力尽。母亲先给端上一大碟子红枣，然后开始熬小米粥、蒸包子。等晚饭做好时，他已把一碟子红枣吃光了。红枣这东西，如果你没吃惯，不宜多吃，尤其是空肚子的时候。田丰自己不知道这一点，家里人也忘了告诉他，或者是不好意思阻止他。他红枣吃得太多了！当天晚上他和我睡在一个炕上，睡梦中我听到他在呻吟，问他怎么了，他说胃不舒服，后来还拉肚子。

但田丰是一个意志坚强的人，身体不舒服并没有影响他的热情和好奇心。他带着一部120相机，第二天一大早，刚吃过早饭，他就张罗着给我们全家照相。随着照相机咔嚓咔嚓的响声，一张张珍贵的胶片将我父母和兄弟姐妹定格在那个特定的时刻，成为永久的纪念。他还为来我们家串门看热闹的乡亲们照相，几乎是有求必应。大部分村民从来没有照过相，甚至没有见过相机。他的到来，让全村人开了眼，也为我们家长了脸面。

当然，田丰来我家的目的不是照相，他想了解陕北最贫困地区的人日子是怎么过的。他插队的延安市井家湾村比较富足，一个壮

田丰在从绥德曹家沟村到吴堡辛庄村的路上（1980年正月十二）

劳力每天的分红达到1元5角，而我们村只有一二毛钱，许多人家吃饭都成问题。接下来三天，我带着他走访了村里好几户人家。他是北京娃，又是大学生，但和农民之间没有任何感情上的隔阂，腿一盘坐在炕上，就开始拉家常，虽然有时候需要我提供一些语言上的帮助。

我带他走访过村里最穷的一户人家，主人40来岁，有五个女儿和一个未满月的儿子，最大的也就10来岁，还有一个老父亲。由于从生产队分配到的粮食有一半需要卖掉支付粮钱，全家每人每天只有二两口粮。田丰说，那你们平时只能吃糠咽菜了，男主人告诉他，谷糠平时舍不

我与田丰在我家老窑洞前合影（1980年正月）

得吃，只能留在三四月苦重的时候吃，因为谷糠难消化，吃了不容易觉着饿。这让他感到震撼和颠覆。男主人还说，这里吃得最好的是走村串户要饭的。这又是一个颠覆。田丰在我们村的调研日记写了厚厚一本子，今天读他的日记，我的泪水仍然不时夺眶而出。

相隔7年多后，1987年夏天，田丰又一次来到陕北，来到我们村，住在我们家。此时，他在西北大学当老师，我在北京国家体改委工作，没有办法陪他。好在他和我父母已经很熟，就像自家人一样无拘无束，让我父亲带着他到处转悠。这一次时间虽短，他还是走访了上次见过的老红军。这位老红军是我远房的爷爷，最骄傲的是曾在延安给毛主席站过岗。

　　上次来时，我曾带田丰见过村里一个远近闻名的神婆，神婆给他算命，说他会有三个男娃和两个女娃，其中一个男娃会当骑兵，他一笑了之。神婆后来在驱魔时，把自己的独生子活活打死了，她的儿子与我同岁。此时，神婆已移居延安，田丰回到延安后还专程去见了她。神婆对他说：维迎进入中南海（当时体改委在中南海北区办公），我几年前就算出来了。田丰不信神，更不怕鬼。在了解了神婆的历史后，他说，是贫困和愚昧让她在这条道路上越走越远。这是悲剧！

　　田丰是班里唯一去过我们村的同学，也是我父母唯一说得出名字的同学。

我的保护人

　　田丰和我，确实是一见如故。

　　初次见面是新生报到当晚在宿舍里，相互介绍后，彼此就没有了生分，他给我一种值得信任甚至值得依赖的感觉。他是北京人，我是陕北娃，但我和他说话时没有自卑感，他也没有表现出高我一等。部分原因可能与他的穿着打扮有关，他当时光身子穿一件棉袄，我也是，都像农村出来的，但更重要的是他说话的语气，很友善，让我顿时觉得他像朋友。他看上去冷峻，其实心地善良，有一种对弱者和穷人的同情心，这种同情心是天生的，不是刻意装出来的。从此，我就把他当兄长，他也确实把我当小兄弟照顾。

上大学是我第一次开始过城市生活，刚开始有些不适应，也闹过一些笑话，但田丰从来没有耻笑过我。事实上，每当我有不恰当的言行，他都会告诉我以后怎么做才对。他教会了我如何做一个堂堂正正的城市人，在任何人面前不卑不亢，培养了我的自信心。

我们之间，不分你我。宿舍里借用别人的东西，我都会事先打招呼，但他的东西，我可以随便使用，不需要事先告知。

田丰见多识广，在各方面都能给我指导。入学不久，我就变成了他的崇拜者。

为了强身健体，他决定冬天洗凉水澡。他洗，我也跟着洗。每天晚上自习归来，只穿一条短裤，拿着脸盆，哆哆嗦嗦跑到水房，接半盆水冲着脖颈和肩头泼下。一盆接一盆，连着好几盆，然后跑回宿舍净身。他说痛快，我觉得痛苦。但我相信，他做的事情一定是对的，只要他坚持，我就会坚持。好在一个月后，他开始过敏，全身起红疙瘩奇痒无比，每次3个小时方消退。此后他不再洗冷水澡了，我跟着解脱了。

我对他的信任和依赖，使得后来即使在谈恋爱这样的事情上，他的意见也举足轻重。我不曾征求过父母的意见，但一定征求他的意见。他有一套既理想又现实的恋爱观。他说行的，我就继续跟进；他说不行的，我立马中断。

同学田丰

大学同学（从右到左：冯仑、田丰、王连翔、张维迎）

大学四年里，田丰一直是我的保护者。有什么委屈，我总是首先向他倾诉，他总是尽自己所能帮我解决问题。

记得有一次在评助学金的时候，我没有得到最高级（每月20元），原因不是家庭不够穷，而是我当时买了一件新衬衫，有班委认为我的生活一下子不简朴了，不像农民家的孩子。我觉得委屈，但出于自尊心，我并没有申诉，只是向田丰说了自己的委屈。后来他找了班委，说明我的情况，接下来一次助学金评定时，又给了我最高级。

有一次，我把刚洗过的新衬衫晾在宿舍窗户外，转眼间衬衫不翼而飞。当时窗外正有施工队在施工，我怀疑是施工队的人偷走了。田丰立马跑到工地，说你们谁偷走了我们的衬衫，快交出来。施工队的人不承认，说我们诬陷他们。一方说偷了，另一方说没有，吵着吵着，眼看就要打起来了。他们人多势众，手里还拿着铁器，我胆子小，害怕吃亏，就赶快把田丰拉走，衬衫也就这样丢了。田丰说我太胆小怕事。当然，事后看，我们做的也不对，怀疑归怀疑，没有真凭实据，是不应该指控别人的。

终于，我有了一次表现胆大的机会。

大四最后一个学期，我准备复习考研究生。学校图书馆阅览室的座位紧张，我必须早早去才能占到座位。当时读中学的学校子弟也来图书馆自习，他们比较霸道，理所当然地认为学校的阅览室首先是他们这些学校子弟的。他们经常一个人带十几本书占一排座位，把大学生占座位的书包划拉到地上。所以，大学生和学校子弟打架成了常事。

有天早上，我和学校子弟为占座位发生了争执，我挨了一拳。我不敢还手，带着委屈跑回宿舍，叫醒还在睡觉的田丰，说我被人打了。他听了非常愤怒，立马穿上衣服，带我来到图书馆。在四楼的楼梯口，刚好碰到那个打我的人。田丰质问他为什么打人，这个中学生一脸无惧与不屑，潇洒地拍了拍田丰的臂膀：你猴急个啥？田丰挡击开他的手臂，立刻开打。这人也不示弱，奋力还击。有田丰在，我也胆子大了起来，挥舞起自己的拳头。我们轮番冲刺，很快，就把他打得脸上红一块白一块。他看打不过我们，摸了一下自己的脸，带着两个跟屁虫走了。

田丰事后说我干得很出色，终于当了回食肉动物。

大学四年里，田丰为我做的很多，但我为他做的很少。即使在我上研究生以后有机会为他做点事，还是无法与他为我做的事情相比。他不求回报，但我心有歉疚。

我的文学启蒙者

田丰读书甚多，知识面宽，让我望尘莫及。他在上大学前就读过好多中外名著，而他读过的书，大部分我连书名和作者都不知道。这或许是城市学生和农村学生之间的一个重要区别。农村学生能考上大学，靠的是分数，分数之外的知识，少得可怜。

记得上大学不久，田丰带我去看越剧电影《红楼梦》，这是一部刚解禁的戏剧片。看了半个小时后，我才意识到贾宝玉是个男的。我悄悄问田丰，他说你连《红楼梦》都没有读过，这不行。第二天，我就从图书馆借来《红楼梦》开始读，后来又读了《水浒传》和《三国演义》。后两本名著和《西游记》，我在农村时只读过小人书（连环画），当时只是看热闹，并没有欣赏它们的文学价值和历史价值。

他还借给我《第二次握手》的手抄本，让我一口气读完。

在田丰的引导下，我也开始读了些外国名著，包括托尔斯泰的

我在宿舍读书（1979年10月，田丰摄）

《战争与和平》《安娜·卡列尼娜》，雨果的《悲惨世界》和《九三年》，莎士比亚的戏剧，契诃夫的诗，卢梭的《爱弥儿》，等等。我至今记得《爱弥儿》中的一句话："知道新闻，并不等于你有知识。"这句话影响了我一生，是我不大看新闻的重要原因。

田丰读的哲学著作也比我多。在上马克思主义哲学课的时候，他说要懂得马克思，必须读黑格尔。我们一起读了《小逻辑》等书，尽管读到最后，还是似懂非懂。

田丰不仅读书多，文字功底也好。在延安插队期间，他就在《人民日报》文学副刊上发表了短篇小说《山丹丹花》。而我呢，上大学前写的稿子，只在县广播站播过，几次给地区《榆林日报》投稿，都没有成功。要不崇拜他是不可能的。

我和田丰在毕业晚会上（1981年12月29日）

在田丰面前，我唯一自信的是自己的逻辑思维能力。在讨论政治经济学问题时，我的发言权就会大些。这也不奇怪，他本来就是学文学的料，也立志搞文学创作，即使在读大学的头三年，他都没有放弃文学梦。课余时间，他仍然写小说，毫不在意专业课的考试成绩。只是阴差阳错，他被录取在经济学专业。这没有让中国多一名经济学家，但可能使中国少了一位文学家。在一个学生可以自由选择专业的教育制度下，结果可能完全不同。

但田丰有很强的学术反叛精神。在对传统政治经济学的批判上，他比我超前。当我还在试图逻辑化老师在课堂上讲授的东西时，他已开始了挑战。我们有时发生争论，他会用事实反驳我的逻辑。他说，从具体到抽象，三页纸就完成了；但从抽象到具体，三大卷也没有说完。他曾就价值来源问题与刘承思老师辩论。他说，刘承思老师是他遇到的除他以外，又一个真正读懂《资本论》的人。

大学毕业后，田丰留校当了老师。他是我们班毕业时唯一没能分配回北京工作的北京知青。九个北京知青八个回京名额，他是他们当中年龄最小的，他没有争，皆大欢喜。没有更好的选择，留校算是系领导对他的一点关照。

1993年，田丰决定下海，离开教学岗位。

我理解，他下海，不是因为物质财富的吸引力大，而是他对教授传统的政治经济学理论失去了兴趣。他觉得孤单，说自己在学校从来没有遇到支持者，从读本科到读硕士再到读博士，一个也没有。

我想，如果我研究生毕业后留在西北大学，也许他不会下海。当然，也有另一种可能：我们两人都下海。

田丰下海了，但没有成为企业家。他在广西万通公司当职业经理人27年，进步也不大。或许，他天生就不是企业家的料。他不是一个功利主义者。他做事有自己的原则，把情看得比利重，不容易在野蛮的商业环境中生长。我理解他，他有自己的活法，也很知足。

真正的陕北人

田丰从出生到上高中，在北京生活了19年，插队后在陕北生活了4年。但我的感觉是，他对陕北的感情甚于对北京的感情，这与他在两个地方生活的时间不相称。

这并不意味着他赞成那个使他从北京走到延安的上山下乡运动。在同龄人中，他是最具批判精神和反思精神的，他对极"左"的东西深恶痛绝，对历史人物的批评毫不留情。他不会认为如果没去延安，自己就不会比现在过得好。但他深深地爱着陕北，那个他生活过4年的地方。他说，陕北给他的东西很多，他很喜欢。

近年来，他回陕北的次数多了起来。他喜欢和他们井家湾的老乡交流，每次回延安都忘不了探望那些与他有患难之交但仍然留在陕北的朋友，并尽力给予他们帮助。他是一个重情的人！

2017年10月8日，田丰从延安出发，独自一人开车到榆林，专程看望了我父亲。那是一个雨天，他下午3点到我家，我让他在我家住一晚，但他待了两个小时，连饭也没有吃就走了，因为晚上和他们井家湾村的人有安排。父亲和姐姐很过意不去。我后悔自己没有飞回榆林陪同他，如果我在，他一定会待几天，让我陪他回我们辛庄村，在窑洞里过夜。

2019年8月7日，辛庄村填沟工程完工，田丰跟我一起去参加竣工庆典，一些年纪大的村民还能叫出他的名字。他还专门去看了

田丰在井家湾（1974年）

当年那位有五个女儿、一个儿子的村民。老人已年过八旬，曾得过癌症，死里逃生，现在身体倒很硬朗，留着一拃长的白胡子。

同学田丰，一个真正的陕北人！

（本文为纪念西北大学经济系77级同学撰写。2018年10月10日完成初稿，10月12日定稿后曾在微信平台发表。本版本修改于2021年1月31日。）

命运多舛刘佑成

刘佑成成名很早,我对他仰慕已久。第一次见到刘佑成,是在莫干山会议上。在这个场合与他相识,让我兴奋不已。尽管我没有多少时间与他交流,但由于是陕北老乡,乡音是我们共同的符号,刘佑成对我特别热情、友好。从此,我们就成了好朋友。刘佑成说,他最不适应的是两个地方,一是官场,二是商界。他进入官场是一个误会,进入商界是被逼无奈。我庆幸,我仍然在做学问。

进入商界的刘佑成

第一次听说刘佑成，是我读大学二年级的时候。

当时，一个神奇的故事在同学们中间广为流传：陕西蒲（城）白（水）矿务局有四个青年矿工——刘佑成、巫继学、朱玲和郑世明，在"批林批孔"和"批邓、反击右倾翻案风"期间，自发组织了一个经济学理论学习小组，研读马克思的《资本论》。1978年恢复研究生招生后，他们四人都报名参加了首届经济学专业研究生招生考试，其中，刘佑成、巫继学和朱玲分别考上了浙江大学、河南大学和武汉大学。郑世明报考了杭州大学，因英语成绩不及格没有被录取，但他写了一些文章，被人赏识后推荐去了西北政法大学任教。

对当时的我来说，这是一个很励志的故事。他们在我心目中就是神，是我学习的榜样。

后来，我与他们中的三位相识，与刘佑成的关系最密切。

"莫干山会议"的东道主

第一次见到刘佑成，是在"莫干山会议"上。

莫干山会议的正式名称是"中青年经济科学工作者学术讨论会"，于1984年9月上旬在浙江德清县避暑胜地莫干山举行。这是一次"民办官助"的学术会议，参加会议的124名正式代表，全部是从1300多篇应征论文中筛选出来的作者。莫干山会议是中青年经济学者第一次集体亮相，发出自己的声音，因其对之后的改革政策产生了重要影响而载入史册。

刘佑成是莫干山会议的四位主要发起人和组织者之一。他当时35岁，任浙江省经济研究中心副主任，是四位会议组织者中官位最高的，也是124位正式会议代表中仅有的两位局级干部之一（另一位是国务院价格研究中心总干事田源）。浙江省经济研究中心是会议的东道主。

莫干山会议的成功举办，是一种机缘巧合。而刘佑成功不可没。

组织这样的全国性大型会议，一要有想法，二要有号召力，三要有资源。另外三位发起人和组织者朱嘉明、黄江南和张钢，工作单位都在北京。朱嘉明和黄江南有想法，也有号召力，但能调动的资源有限，即使在自己的工作单位，他们说了也不算。张钢是《经济学周报》的编辑，有很强的组织能力，但他能调动的资源主要在媒体。

北京可供开会的场所很多。但在当时的政治环境下，开这样高调的会议是一件很敏感的事情，很难找到一家政府机构做承办单位。即便一切准备就绪，只要会前有人写封告状信，就可能前功尽弃。锐意改革的广东省委书记任仲夷和福建省委书记项南或许愿意支持这样的会议，但这两个地方都缺少像刘佑成这样既有影响力，又有重要官职的青年经济学家。

刘佑成有想法，又有人力和物力资源可以调动。在当时的浙江和杭州，他虽然谈不上能呼风唤雨，但有办法说服那些呼风唤雨的人，特别是浙江省省长薛驹。

所以，四位发起人一拍即合，决定把会议放在有历史文化背景又清静的莫干山。他们按照各自的"比较优势"确定了分工：朱嘉明和黄江南负责设计会议框架、研讨课题及遴选会议代表；张钢负责媒体工作和除浙江之外的发起单位的联络工作；刘佑成负责与浙江省委、省政府沟通，联系安排浙江省参与发起单位和参会中青年学者的选定工作，以及安排会场、食宿、接送等会务工作。

在刘佑成的努力下，莫干山会议得到了浙江省委和省政府的大力支持，薛驹省长多次听取筹备工作汇报，还专门出席了8月30号在省政府会议室召开的预备会议。这样，莫干山会议就变成了一个半官方会议。正是这种半官方色彩让它变得不那么敏感，连中央办公厅、中宣部、中组部和书记处农研室等中央单位，也派了相当级别的官员来列席会议。这为扩大莫干山会议的影响力提供了有利

刘佑成（左一）、黄江南（左二）、朱嘉明（左三）、孙浩晖（右）在西湖边（1984年1月）

条件。

会议期间，刘佑成作为东道主的负责人，无疑是最忙活的。他既要对内，又要对外；既要对下，又要对上。9月8日上午，国务委员张劲夫在杭州接见了部分会议组织者和与会代表，刘佑成对这次会见的谈话内容做了完整的现场记录，保存至今，成为一份珍贵的史料。

参加莫干山会议的代表有5位来自陕西，其中包括当年在蒲白矿物局时和刘佑成一起读《资本论》的郑世明。我对刘佑成仰慕已久，在这个场合与他相识，让我兴奋不已。尽管我没有多少时间与他交流，但由于是陕北老乡，乡音是我们共同的符号，刘佑成对我特别热情、友好。从此，我们就成了好朋友。

莫干山会议后，我和另外十来位代表留在杭州，参与会议文件的写作。写作任务结束后，我们坐飞机回北京。这是我第一次坐飞机。当时，买飞机票需要局级单位的介绍信，而我只是西北大学的一位研究生。感谢刘佑成，让我飞回北京。

从矿工到学者

刘佑成于1949年出生于陕西省保安县吴起镇。据传取名吴起镇，是为了纪念战国名将吴起。吴起曾领兵在此地驻守，击败秦军，使魏国西北边防得到安宁。1949年之后，为了纪念刘志丹，保安县更名为志丹县，吴起镇独立成为吴起县。

刘佑成的父亲和刘志丹同宗同祖，是先祖刘凤岐第十二代子孙。曾祖父的父亲是清朝监生。祖父刘儒仁曾跟随刘志丹闹革命，当过中共金汤区委书记，在中央红军到达陕北前夕的肃反运动中和刘志丹一同被捕，出狱后受命负责监造了刘志丹陵墓，"文革"后吴起县委给追认了一个县处级待遇。

刘佑成的父亲没有上过学，但人聪明，做事踏实，靠个人努力，曾当上了一个公社的党委书记。父母生了9个孩子，刘佑成童年时期，家里生活拮据，与普通农民家庭没有什么区别。

初中二年级的时候，刘佑成18岁，爱上一个叫李艳梅的漂亮女孩。李艳梅比刘佑成小一岁，但高一级，是学校学生会宣传部部长。刘佑成能写会画，是学校办宣传板报的主力。常年在李艳梅的领导下工作，不知不觉就暗恋上了她。

初中毕业后，刘佑成作为插队知青，被"截留"在公社"以农代干"，做些写写画画的工作。他的任务之一是为各村画毛泽东画像。通过一个熟人，他把李艳梅"骗"来，向其表达了爱慕之心。此时，他才知道，原来，李艳梅也一直暗恋着他。俩人由此约定终身。

但他们的恋爱遭到了女方父亲的强烈反对。李艳梅的父亲说，嫁谁都可以，就是不能嫁给刘家的小子。听了这话，刘佑成的父亲也很不高兴，对儿子说：难道天下的女人都死光了，你为什么非要娶李家的女子？不过，刘父自见过李艳梅后，改变了态度，很喜欢这个未来的儿媳妇。

事情还得从头说起。李艳梅的父亲是全县有名的中医，颇受人敬重。但他听信流言，误以为自己在"文革"中的不幸遭遇是刘家人造成的。因此，李父对刘家记恨在心，一听说女儿找的对象是刘家的孩子，就火冒三丈，逼迫李艳梅与刘佑成断绝关系，否则就不认这个女儿。

但刘佑成和李艳梅铁了心。他们认识到，要成婚，必须远走他乡。双方父母都是当地有头有脸的人，在县城这小地方成婚，两家非打起来不可。

刘佑成在蒲白矿务局（1970年）

刚好，1969年底，蒲白矿务局来吴起县招工。刘佑成报了名，成为一名煤炭工人。李艳梅继续留在县城，后来被招工到延安汽车站，当了一名售票员。俩人结婚时，双方父母都没有出现。

刚到蒲白矿务局时，刘佑成被分在井下当采煤工，活脱脱一个《平凡的世界》里的孙少平，从矿井上来，除了两只眼睛发亮，浑身上下都是黑的。但刘佑成是个闲不住的人，他利用业余时间写了一篇表扬矿井里好人好事的通讯稿，投到矿务局的广播站，居然被采用了。

矿务局领导发现刘佑成还是个人才，就把他调到矿务局政治处，负责办《矿工报》。《矿工报》办得有声有色，他成了全矿务局的"红人"。

1972年，大学停止招生五年后，又开始招收工农兵学员。蒲白矿务局分到一个名额，有几十个人报名，因此还进行了一场文化课考试。考试后领导班子讨论推荐谁，军代表说："就让刘佑成去吧！"这样，刘佑成就成了陕西师范大学中文系的一名工农兵学员。

工农兵大学生主要做两件事：一是劳动，二是运动。刘佑成不怕劳动，但不喜欢运动。他利用一切可能的时间去图书馆看书，中外古典名著都看，也开始读马克思的《资本论》，还组织了《资本论》研究小组。结果，他成为班上只"专"不"红"的反面典型。

曾当过县委书记的中文系主任把刘佑成叫到家里，劈头盖脸就说："列宁说过，黄金在共产主义社会只能用于修厕所！你搞什么《资本论》研究组，我早就把《资本论》第一卷倒背如流，又怎么样呢？"系主任还好心地劝他："现在的精神是学生要以阶级斗争为主课。你看理论书是可以的，但要积极参加学校组织的'批林批孔'运动。"

只"专"不"红"的结果是，1975年毕业时，刘佑成没能像他希望的那样进入省级研究机构，而是被分配回送他来的蒲白矿务局。

回到矿务局时，他原来在《矿工报》的位子已经被巫继学和郑世明占了，这二人之前也是井下工人。矿务局领导把刘佑成安排在矿务局保卫处。在保卫处，他管"内勤"，基本上无所事事，但有

刘佑成（左）和巫继学（右）一起读书

一个独立的单人办公室，他就组织了一个读书班，和巫继学、郑世明、朱玲一起读《资本论》。朱玲当时是矿务局机械厂的工人。

在保卫处工作期间，刘佑成做过的最重要的一件事，是为一位老干部申冤。

蒲白矿务局机关有位副局长，是从新疆调过来的刚被解放的老干部，名字叫霍介智，喜欢每天打太极拳强身健体。毛泽东去世那天，他照样在矿务局的院子里打太极拳，因为他听力不好，没有听到广播里播放的毛泽东去世的消息。这事被人做了文章。很快，矿务局机关院子里就贴满了批判霍介智的大字报和大标语。

刘佑成觉得可能有人陷害霍。为了取证，他拿着保卫处的相机把标语和大字报拍下来。结果一群人把他围住，说矿里送你去上大学，你回来倒去帮助走资派！有人喊，把相机砸了。当然，作为保卫处干部，刘佑成腰间别着一把盒子枪，这些人也不敢把他怎么样。

刘佑成随后去霍局长家里看望，发现老头被吓得面色苍白，浑身直哆嗦，不停地喊冤。案子后来转到渭南地委，审查期间，霍介智就去世了。

这件事让刘佑成惹了矿务局的一些人，他觉得这个地方不好待了，就想调走。恰好渭南地委组织部和工业交通部的两位干部来矿务局搞调研，其中一位与巫继学认识。地委工交部正缺少写材料的人，经这两位干部的帮助，刘佑成于1977年调到地委工交部，主要工作是给领导写讲话稿。

1978年，刘佑成考上了浙江大学经济学专业的研究生。他的英语是考前几个月从 ABC 开始学的，能过60分算是奇迹。郑世明就没有他幸运。

1981年，刘佑成研究生毕业，获得复旦大学硕士学位（当时浙江大学还没有经济学硕士学位授予权）。毕业后先是留校任教，一年后调到省计划委员会经济研究所。

才华尽显，以文会友

刘佑成喜欢以文会友。

1979年10月下旬，"全国社会主义社会发展规律问题学术讨论会"在江苏省无锡市召开。会议是由中国社会科学院哲学研究所发起的，刘佑成应邀参加了会议，并遇到了社科院《未定稿》杂志编辑王小鲁，两人就社会主义改造完成后中国社会的"基本矛盾"展开了争论。

刘佑成认为，中国社会的基本矛盾就是"生产力社会化程度的低水平同生产关系的国家集中制之间的矛盾"，因而主张改革超越生产力水平的生产关系。王小鲁不同意他的观点，认为不存在现实的生产关系超越生产力水平的可能，实际情况是生产关系是左的思想主观设定的。刘佑成感到，王小鲁的见解深刻，就开始了与他持续的思想交流。思想交流的结果是，二人合作撰写了专题论文《商品经济客观基础考察》，刊登于《未定稿》1980年第31期。文章的基本观点是，商品经济的基础是社会分工与独立所有权，经济体制改革就是把从苏联搬来的计划经济体制改变为商品经济。这应该是中国经济学界最早提出"商品经济论"的论文之一。

莫干山会议之所以能在浙江举办，从某种意义上讲，也是刘佑成以文会友的结果。他和张钢曾合写过论文《从中西方历史的比较中探寻中国封建社会停滞的经济原因》，发表于《人文杂志》1981

年第5期。1983年年底，刘佑成因公到北京出差，顺便去看望张钢。这次相聚时，他们议论到有必要召开一次全国性的学术会议，为中青年学者提供一个思想交流平台，探讨改革和开放中的一些重要问题。张钢告诉刘佑成，朱嘉明和黄江南也同他说过此意。莫干山会议期间，张钢是秘书长，刘佑成是两个副秘书长之一（另一位副秘书长是国家体改委的徐景安），他们二人珠联璧合，配合默契，是会议成功的重要条件。

刘佑成做学问，勤思而多产。他研究了社会分工问题和社会经济形态演进规律，短短几年，就撰写了《社会分工论》《社会发展三形态》等专著，同时发表了探讨中西方历史比较和列宁关于新经济政策的一些论文。其中有几篇是和巫继学、朱玲、郑世明合作完成的。

刘佑成1981年在《哲学研究》上发表的《马克思主义分工理论》一文，被认为"开启了国内研究马克思分工理论的先河"；他的《社会分工论》是"国内较早且系统分析马克思分工理论的第一本专著"。这是中央编译局土虎学在《马克思分工思想研究回溯》中的评论，有一定的权威性。他的《社会发展三形态》一书，在国内首次解释了马克思"伦敦手稿"的主要内容，并从马克思广义经济学的角度分析了发展商品经济的必然性。他的这一学说观点很快受到苏联理论界的注意，并被翻译成俄文。

刘佑成的才华很受一些著名学者的赏识。1985年，于光远到浙

刘佑成在省经济研究中心办公室（1984年）

江考察，浙江省委安排刘佑成全程陪同。一路上，他与于光远既阔谈理论，又分析现实，给于光远留下了很好的印象。1986年，"第八届世界经济学团体代表大会"在印度首都新德里举行。中国派出的代表团团长是于光远，于光远点名让刘佑成加入中国代表团。

伯乐原是忘年交

1983年，浙江省经济研究中心宣布成立，刘佑成被任命为副主任。这个任命，刘佑成自己也没有想到。当时他34岁，之前只是省计委研究所的一位普通干部，一下子就变成了厅局级官员。

多年后他才得知，他能到这个位置，是一位老干部读了他的文章后推荐的结果。

1982年，刘佑成写了一篇学术论文《资本主义经济形式的矛盾和发展的极限》，发表于《未定稿》第 7 期。这篇论文系统分析了资本主义生产方式的基本矛盾及其发展的逻辑过程，既阐明了资本主义经济何以能长期发展的内在原因，又指出了资本主义经济的临界点和发展极限，证明其最终将被更高经济形态（自由人联合体）所取代的历史必然性。

这篇论文纯粹用经济范畴进行逻辑分析，语言晦涩枯燥，即使专业学者也未必感兴趣。不料，该文却被年近八旬的资深高干刘顺元认真阅读，赞赏有加。

刘顺元是个奇人。他 1903 年出生于山东博兴县一个农民家庭，1928 年毕业于北京师范大学英语系，1931 年经周恩来批准加入共产党，曾三次被捕入狱。抗战时期，刘顺元任中共苏皖省委书记，参与并领导了开辟发展苏皖抗日根据地。抗战结束后，作为中共代表，刘顺元到苏联军队控制的旅顺大连特别区参与领导工作，后因一些原因被贬至基层。

1953 年，刘顺元重新出来工作。刘顺元在"文革"前历任中共江苏省委副书记、书记。他反对大跃进浮夸风，抵制反右运动，险被定成"大右派"。

"文革"期间，刘顺元又惨遭迫害，被长期监禁，直到 1978 年在党的十一届三中全会上，被任命为中央纪律检查委员会副书记。在解放思想拨乱反正、促进国家工作重心转向经济建设过程中，他到南京大学和江苏省级机关进行公开演讲，直批"两个凡是"，被赞为"拨乱反正，南有刘顺元"！

1981年，为促进废除领导干部终身制，刘顺元带头申请离休。中央安排他到杭州休息，兼任浙江省委顾问，仍保留中纪委副书记和中央顾问委员会委员职务。

在杭州休养期间，刘顺元在《未定稿》上读到了刘佑成的文章，马上向浙江省长李丰平推荐，说："你们浙江还不错嘛，有这么个老学究，很有水平的。"接着就写下刘佑成的名字，要秘书把这个老学究找来。

秘书把刘佑成带到了刘顺元下榻的别墅。看到站在眼前的只是个30岁出头的年轻人，刘老有些诧异。刘佑成也没有料到，这位大官几乎是一身老农装束，又长又宽的大棉裤格外显眼。相互愣了一下，就坐下交谈。

刘老和蔼地询问刘佑成研究马列哲学、经济学的过程，接着聊一些理论问题。交谈中，偶尔谈及康德的先验哲学对认识论的革命，黑格尔的"哲学全书"特别是逻辑学的方法，以及中国古代的一些典籍，刘老脱口而出的插话都是一语中的。刘佑成没想到，刘老还是这样关注理论、学识渊博的人。

两人年龄相差近50岁，但话语投机，相谈甚欢，很快成为忘年交。之后，刘佑成成了刘老家的常客，但两人只谈理论问题，从不涉及现实政治和政府工作。

刘老回到南京定居后，托人传话给浙江省省长薛驹，建议把这个年轻人用起来。但刘老从未向刘佑成提及推荐他当官的事，刘佑成只是读了刘老去世后出版的《刘顺元传》，方知此事。

刘老至终把刘佑成视为朋友。刘佑成也经常去南京看望刘老。

刘佑成后来在浙江出事了，接受组织审查。刘老对他一如既往，更加关爱，鼓励他要经得起挫折，在新的起点上好好工作，不要中断理论研究。但这后一点，刘佑成没有做到。

刘老逝世后，老伴鲍有荪让江苏省委发急电到杭州，邀请刘佑成以刘老生前好友身份到南京与刘老遗体告别，参加追悼会。

在浙江省经济研究中心副主任的位子上，刘佑成还接受过一次组织考察，省委组织部干部处的人曾专程到他的老家做了"外调"。负责外调的人回来后，让他写一份自传，重点谈谈对"文化大革命"的认识。刘佑成如实写了，之后就没有了下文。

后来，一位知情人告诉刘佑成，组织曾对他的下一步使用做出考虑，但在吴起县外调的时候，一位中学老师声称，刘佑成在"文革"期间曾打过他，并写了书面证明。

事实是，当时批斗教师的场面混乱，这位老师低着头没看清，把一个同姓的学生与刘佑成弄混了，刘佑成当时并不在场。这位老师后来了解到真相，深感内疚，80多岁时专门给刘佑成打了长途电话，做了解释和道歉。

不过，这个误会的结果，未必是件坏事。

1994年符拉迪沃斯托克经商期间刘佑成和他的俄罗斯雇员阿廖沙

弃学从商

1989年秋天,浙江省委决定免去刘佑成省经济研究中心副主任和省社科院副院长的职务。

免职后,刘佑成被安排到省机械工业厅下属的一个公司上班。但他没有去上班,也没有领工资。

他辞职了,去了苏联,做了四年贸易生意。

他也学着搞易货贸易。有人用纺织品换飞机,卖给地方民航公司搞客运;他用纺织品换废旧轮船,卖给国内民企,拆解后得到金属材料。

刘佑成没有赚到多少钱,但游遍了俄罗斯,经历了苏联解体的全过程。他曾雇用的一个翻译，后来知道是原克格勃特工，苏联解体后也开始做生意。他觉得这是一种宝贵的经历，让他切身体会到，中国必须走市场化改革之路！

1996年夏天，我和刘佑成再次在杭州相见。他当时在浙江大学经贸学院兼职讲授发展经济学。他仍然热爱学术，但无望变成一名正式教师。我鼓励他去民营企业任职，他有点心动。

1997年，刘佑成受聘于民营上市企业浙江广厦股份有限公司，任总裁特别助理。

1998年12月起，他担任中国南京国际经济技术合作有限责任公司董事长、党委书记，该企业被南京市人民政府评为开放型经济优胜单位。

他在南京买了房子，把家搬到了南京。

两年前我去杭州出差，刘佑成专程从南京赶来看我，约了几个朋友一起吃饭。席间我们讨论了不少经济学理论问题，他对我新出版的《经济学原理》和《理念的力量》大加褒奖。我没有想到，他现在还这么关注经济学理论和我本人的研究。

刘佑成说，他最不适应的是两个地方，一是官场，二是商界。他进入官场是一个误会，进入商界是被逼无奈。

他最喜欢的还是学术研究。他很羡慕在场的好友姚先国和史晋川，他们二人和他一样受过"审查"，但一直执教于浙江大学，著作等身，桃李满天下，至今仍然活跃于学术界。

但他觉得，做学问，自己在知识结构方面存在先天不足。所以，他现在特别喜欢读现代西方经济学理论。他还花了很多精力研究波普尔。

爱情也是一种力量

2018年12月16日，我去南京出差，约刘佑成第二天早晨来我住的酒店吃早餐。但他在马路对过的金陵饭店订了房间，说那里可以抽烟，好聊天。

一壶清茶，烟雾缭绕，不知不觉四个小时过去了。我怕误机，只能与他告别。

第一次听他讲和李艳梅的爱情故事，我尤其受感动。

刘佑成在陕西师范大学读书期间，因为工龄不够，没有工资，是李艳梅用当售票员的工资资助他完成了学业。刘佑成大学毕业后，他们于1975年在蒲白矿务局结婚。由于担心岳父知道后来闹，他们结婚的消息一直瞒着岳父。当时李艳梅还在延安汽车站当售票员，吴起县离延安很近。

婚后他们一直分居两地。在刘佑成去浙江大学读研究生之前，为了妻子的安全，他托渭南地区工交部田恩祥部长给延安地委领导

刘佑成和李艳梅的结婚照（1975年）

写信，把李艳梅调离延安，安排在渭南汽车站做统计工作。田恩祥曾担任过延安地区行署专员。

由于家庭矛盾没有解决，婚后他们一直不敢要孩子。直到1979年，听到吴起县城里的人议论说，别看他俩男才女貌，不听老人言不定会绝后，李艳梅才一气之下来到杭州。俩人在浙大旁边租了一间农民的厨房，住了一个月，李艳梅怀上了孩子。她用事实证明：不听老人言，也不会绝后。

浙大研究生毕业后，刘佑成急办的第一件事就是把妻子调到杭州。但1982年，他还只是省计委研究所的普通干部，要从陕西调一个工人编制的普通职员谈何容易！幸得省计委张奇主任的帮助，李艳梅才被破格调到杭州，安排在浙江省劳动保护所办公室。刘佑

一家三口 1983 年于杭州

成还硬着头皮给时任省委副书记的薛驹写信，从省政府机关事务局要到一间房子，把家安顿下来。

黄土高原上的两个年轻人恋爱七年才结婚，婚后又两地分居七年。现在，终于有了一个安稳的家，而且是在有着"天堂"美誉的杭州。

但李艳梅是个安于共苦，但不习惯同甘的女人。

1983年刘佑成当了厅局级干部后，李艳梅不仅没有高兴，反倒有点闷闷不乐。有一天，她突然提出要和丈夫离婚！她对刘佑成说："我当初和你结婚，是因为你是一个普通人。现在你当官了，有人鞍前马后，我已经不配你了，你应该找一个更好的。"

刘佑成当然不同意离婚！

李艳梅很要强。刘佑成后来发现，李艳梅背着他报考了广播电视大学，正在读大专。原来，丈夫当了官，让她有了自卑感，觉得只有自己也读了大学，才能配得上当了官的丈夫。从此之后，刘佑成更加体贴妻子，生怕她有任何不自在。

刘佑成是个有责任心的人。1990年被审查期间，他有被开除公职甚至坐牢的危险。为了不影响妻子和儿子，他曾提出离婚。但这一次，李艳梅坚决不同意。她说她必须和丈夫共患难，哪怕丈夫坐牢，她也认了。

尽管夫妻二人相亲相爱，但李艳梅的父亲不认可这门婚事，一直是他们的心病。

李艳梅是个孝女，除个人婚姻这件事没有听父亲的话，其他诸事，从小以来，对父母都是百依百顺。"文革"期间父亲挨整被软禁在县医院里，为了能去探望父亲，她违心参加了县医院造反派的文艺宣传队，借机每天去医院给父亲生火炉子，送好吃的。在延安汽车站当售票员时，她经常设法弄些煤炭、蔬菜、西瓜等，用车捎到吴起县家中。

李艳梅对于个人婚姻矛盾的解决方案是，通过她的努力最后达到两全其美，既要与刘佑成结婚，又要使父亲最后谅解，刘李两亲家和好。她几次一个人从杭州回到吴起县，带着沉甸甸的行李去看望自己的父母，但父亲从来不理睬她。她还以刘家媳妇的身份，瞒着李家人去看望刘佑成的父母。她的行为首先感动了刘佑成的父母。刘母很喜欢她，经常偷偷地与李艳梅母亲在县城偏僻处相聚，两个老太太亲热地拉家常。

1991年，李艳梅又带着儿子回吴起县看望老人。刚进家门时，父亲照样是黑着脸不理睬她。当时有个石匠正在给她家修窑口，实在看不下去了，就放下手里的活，对李艳梅父亲大声说："李大夫，你这么有头脸的人怎么在儿女婚事上这样糊涂！你的几个女子我都见过，艳梅是最好的，是你的福气！女子与相好的结婚，又不是干了见不得人的事，大老远的带着娃娃来看你，你板什么脸！你再这么没人情味，我不给你修窑了！"

李艳梅父亲内心深处是最爱这个女儿的，但他一辈子好强，在女儿婚事上太没脸面，咽不下这口气。石匠的一席话，让他无地自容，仔细想想，自己确实做得太过分。

83岁的老人泪流满面哭起来，向女儿道歉。从此刘李两家和好了。

但此时，刘佑成正在苏联远东地区做生意。

不久之后，李艳梅的父亲病故了。

没有能在岳父活着的时候见上一面，刘佑成深感遗憾。

刘佑成当厅局级干部的时候，有单位的专职司机接送，李艳梅很不爽。

退休之后，李艳梅成了他的司机，刘佑成很享受。

（2018年12月24日完成初稿，2019年1月5日修改定稿。）

时雨春风李务滋

在她心目中，学生就是孩子，不应该是『斗争』的对象。她对学生的爱超越政治和意识形态，在当时殊为难得。我高中毕业时，她送了我一本苏联经济学家列昂节夫写的《政治经济学》，冥冥之中似乎包含着她对我的期待，希望我成为一个有学问的人。

李务滋老师与学生交流

李务滋老师走了，享年 80 岁。

她走得太快。去年中秋节我们高中同学在吴堡县城聚会时，她没能来与大家见面，但捎来了她对同学们的问候。聚会后回到榆林的当天，我们两家人一起吃了顿饭，当时她的身体状况还很好。春节回榆林时，本来计划与她再聚一次，但听说两天前她因脑出血住进了医院。大年初一，我和贾辉民同学一起去医院看望了她，当时她的病情还稳定，很有兴致地与我们聊了一会儿。离别时，我祝愿她早日恢复健康，她祝我工作顺利，要我注意身体。我觉得她的病会好的，想着等下年春节还有机会再请她吃饭。回到北京后，我一直惦记着她的病情，2 月 28 日我发短信给她儿子增卫，问她是否已出院。增卫说还在医院，病情已相对稳定一些。这让我揪心。这几天本来还想着打电话问候一下她，没想到，她就这么匆匆走了！

李务滋老师从教40多年，桃李满天下，她教过的每一个学生都真诚地爱戴她、敬重她。

我是李老师众多的学生之一。1974年春天，我进入宋家川中学读高中，当时她是学校的教导主任，也是我们的政治课老师。第一次见到她，应该是开学典礼上听她讲话。她的声音充满了磁性，悦耳动听。给我留下最深印象的是她高雅的气质，还有她美丽而又慈祥的容貌。当时高中有两个班，她兼任一班的班主任，我分在二班。对我们二班的同学来说，上她的政治课也就成了我们目睹她风采的机会，很少有同学缺课。

李务滋老师关心和爱护每一个学生，对她来说，每个学生都像她的孩子。从小学到初中，我一直是一个听话的"好学生"，但上高中之后，我开始有点"调皮捣蛋"了。我的调皮捣蛋给自己带来了一些麻烦，但李老师曾两次保护我，让我至今心存感激。

第一次是刚入学不久，县城在铺柏油马路，听说铺路的石子可以卖钱，对我这个家庭比较贫穷的孩子来说，这是很有诱惑力的，所以每天下课后，我就跟同班的镇上的几位同学到河滩将鹅卵石捣成碎石子。没过多久，这件事被学校发现了，有人说我们是"搞资本主义"，要严肃处理。事情被反映到教导主任李老师那里，被她压住了。我们没有受到批判，当然之后也不敢再去捣石子了。

第二次是在高二的时候，有一次我们班团支部开会讨论发展新

工作中的李务滋老师

团员，我讲了一句政治上很不正确的调侃话。这件事也被反映到李老师那里，有人说要对我进行批判，也被她压住了，事情也就不了了之。

　　这两件事中李老师的态度，都是事后别人告诉我的。听说她的话是，都是些孩子，私下劝说劝说就可以了。孩子！这是多么亲切的称呼！这就是李老师心目中的学生！当时正是极"左"的意识形态盛行的时候，中学也是"阶级斗争"的阵地，整天"斗私批修"，老师们总得有点政治觉悟，李老师又是教导主任和政治课老师，按理说她应该比一般老师更"左"，但在她心目中，学生就是孩子，不应该是"斗争"的对象。她对学生的爱超越政治和意识形态，在当时殊为难得。

我读高中期间，当时的教育方针是"开门办学"，我们经常停课参加劳动，如帮助附近村庄的农民搞春种秋收，还去过40里外的辛家沟参加打坝会战。在我们班上，我的字算写得比较好的，所以有几次在别的同学出去劳动的时候，我和一班的白耀峰被留在学校办宣传板报。在做这项工作的时候，我们经常得到李老师的指点。这时候，我才知道她是一位琴棋书画样样精通的"才女"。

1976年元月，我们要毕业了。我去李老师办公室向她道别，她送了我一本苏联经济学家列昂节夫写的《政治经济学》。回到农村，我就开始读这本书，读起来似懂非懂，但书中的理论还是引起了我的好奇。1978年春天，我进入西北大学政治经济学专业读本科，开始系统学习政治经济学，慢慢搞清楚了那本书中的理论。今天我成为一名经济学家，读过的经济学书籍数不胜数，但我始终不会忘记，我读的第一本经济学书是李老师送我的。我相信，她送我书的时候并不知道我会走上经济学的研究道路，但冥冥之中似乎包含着她对我的期待，希望我成为一个有学问的人。

我到西安上大学后，再见到李老师的次数并不多，但每次回老家，我还是尽量抽时间去看望她。我也知道，她经常向别人打听我的情况。1983年，我因《为"钱"正名》受到批评，她很为我担忧。我有点小名气的时候，她为我自豪。1990年10月，我入牛津大学攻读博士学位，记得我还寄给她和宋炳希老师一张我在开学典礼上的照片，表达我对他们的感激之情。宋老师由于为教育事业积劳成

寄给李老师的照片（1990 年 10 月）

疾，58 岁就离开了人世，想起来令人心酸。现在通信方便了，有时也会与李老师通通电话。但无论见面不见面、通话不通话，回忆起自己的过去总会想到她，感激她！

在我的心目中，李老师不仅是一位优秀的老师，而且是一位完美的女性、做人的楷模。她出身书香门第，但关爱贫寒子弟；她才华横溢，但绝不居高临下；她热爱事业，也享受天伦之乐；她是非分明，又善解人意；她优雅高贵，又和蔼可亲。她的伟大不是因为她干了轰轰烈烈的事情，而是因为她在平凡的教师岗位上给了我们爱！一位母亲的爱，一位老师的爱！

李老师曾说:"每个人都是一本书,父母是我们的出版社,生日是我们的出版时间,身份证是我们的书号。"是啊,每个人都是一本书,但她是让所有学生终身受益的一本书。

　　愿敬爱的李老师九泉之下安息!

(2014年4月15日定稿。)

经济学启蒙恩师何炼成

何老师将我引入经济学殿堂,教给我经济学知识,滋养了我自由的习性。当何老师的学生,享有最大的自由。我上研究生后,常常谈一些在当时看来是『离经叛道』的观点,何老师不仅没有批评我,反而鼓励我。他的唯一要求是:『言之有理』『论之有据』『自圆其说』。何老师的自由放任也给他自己带来过麻烦。我知道自己给他惹了麻烦,他是代我受过,一直在保护我过关。我心存感激,也深感内疚。

1993年夏，我与何炼成老师

"拣"回来第一届学生

我从事经济学研究，实属偶然。

1977年恢复高考，我才知道还有文、理科之分。我从小喜欢数学，但由于上高中时，正赶上开门办学，理化没怎么学，考理科没希望，就只好报考文科。在我的脑子里，所谓文科，就是中文，所以报考志愿栏填写的都是中文系（或新闻专业）。但大概是语文成绩不够好，没有一个大学的中文系录取我，事实上，我根本没有被录取。77级学生进校一个多月了，我还在农村种地。后来听说一些成绩不错但没有被录取的老三届考生给邓小平写信，中央于是决定扩大招生。我不属于老三届，所以并不抱什么希望。1978年4月中旬，收到了西北大学的录取通知书，实在是我没有预料到的。可以说，我是搭了老三届的便车进的大学。

我被录取在政治经济学专业，不是我报考志愿里写的中文专业。4月下旬入学后，方知道全班50位同学都是扩招来的。原来，这个专业是以何炼成为首的八位老师（被称为"八大金刚"）借扩招机会申请新办的。录取的时候，他们搬来上千份被其他院系放弃的考生档案，坐在地板上反复挑选，腿都坐麻了，生怕漏掉任何一个优秀的考生。和其他49名同学一样，我就这样被何老师拣了出来。好悬！要不是何老师，我大概没有机会学经济学，甚至根本就没有机会上大学。

也许因为77级是"长子"，全班同学又都是被遗弃后一个一个拣回来的学生，何老师对我们特别关心，甚至可以说是疼爱。记得报到的当天晚上，自己还晕晕乎乎辨不清东南西北，何老师就来宿舍看大家。我是班里年龄较小的学生之一，何老师对我们小同学格外关切。我现在还清楚地记得，何老师问我的名字后，自己重复了一遍，还摸了摸我的头，问我老家的生活情况，让我一下子没有了最初的拘谨。

用民主的方式培养学生

我们上的第一堂课就是何老师的"政治经济学原理"。尽管高中毕业时，李务滋老师曾送我一本苏联人写的《政治经济学》，但对我来说，政治经济学仍然是一个生疏的概念。好在何老师讲课非常生动，让我听得津津有味。啊，世界上还有这样的学问，它使我回想起在家乡时用鸡蛋换盐的故事。可以说，何老师的第一堂课，就让我喜欢上了经济学。

何老师教学的认真态度，可以说是少有的。他讲课条理清晰，又充满激情，像剥洋葱似的由表入里，让学生听得入神。每讲一章（或一节），他总要布置一些作业给我们，其中有些作业是简单地回答问题，有些则是要学生写文章（短文）。我的经验是，上完他一学期的课后，除学到政治经济学的基本知识外，自己的写作水平也有了很大的长进。我敢肯定，每一位学生的每一次作业，他都认真批改，否则，他怎么能发现我作业中的错别字呢？

刚进校时，看到那么多城里的同学，知识面比自己宽得多，对任何问题都能侃侃而谈，我有点自卑。是何老师给了我自信心。记得第一学期，何老师经常组织同学们讨论，每次讨论由一位同学主讲，其他同学提问。主讲实际上是让学生自己讲课，这是一个很好的锻炼。我第一次主讲大概在开学后两三周，讲的内容是关于使用价值与交换价值的关系，举的例子是绵羊与斧头。尽管我的普通话说得不好，陕北方言重，但同学们反映还不错，何老师也表扬了我。还有一次，我写了一篇关于陕北农村收入分配的短文，何老师写的批语是建议我向报纸投稿。尽管我并没有投，但他的批语使我备受鼓舞。

常常听说不少大学老师总是按自己的模子塑造学生，要求学生按老师的观点想问题、写文章。但何老师从不这样。事实上，他总是鼓励学生独立思考，提出自己独到的见解。可以说，当何老师的学生，享有最大的自由。我上研究生后，常常谈一些在当时看来是"离经叛道"的观点，何老师不仅没有批评我，反而鼓励我。他的唯一要求是："言之有理""论之有据""自圆其说"。

在研究生期间，我组织了一个读书班，专门学习微观经济学和宏观经济学，每次由我主讲（我感到最好的学习办法是讲课）。因为我是政治经济学专业的研究生，有人认为这是走歪路。何老师知道后，不但没有批评我，反而非常高兴。我到北京工作后，有人说我的微观经济学很地道。我想，这与何老师的"自由放任"分不开。

何老师的自由放任也给他自己带来过麻烦。1983年8月，我在《中国青年报》发表了《为"钱"正名》一文。作为经济系主任和我的硕士生导师，何老师面临巨大的压力。我知道自己给他惹了麻烦，他是代我受过，一直在保护我过关。我心存感激，也深感内疚。

但何老师并没有吸取教训，为我制定什么清规戒律。我依然我行我素，任凭思想自由飞翔。1984年4月，我写了《以价格体制的改革为中心，带动整个经济体制的改革》一文，提出以"放"为主的双轨制价格改革思路。我的价格改革思路本质上是否定计划经济的，与当时流行的正统观点背道而驰，但何老师认为"言之有理"，

1984年12月，我的硕士论文答辩现场，答辩委员席右一是何炼成老师

同意我在这篇文章的基础上撰写硕士论文。有人为我捏一把汗。好在10月份的十二届三中全会后，政治气候比较宽松，年底我顺利通过了论文答辩，何老师很自豪于他用"民主"的方式培养研究生。是啊，如果没有何老师的民主精神，我的双轨制改革思路肯定胎死腹中，甚至压根就不可能坐胎。

将数学作为经济学必修课

何老师是一位很有远见的老师。他很早就认识到数学对经济学研究的重要性，所以从我们77级开始，就安排了数学必修课，而且是一学年的课程，从数学系请来最好的讲课老师。在当时中国大学里的经济系，这是少有的。我上研究生之后，他还鼓励我去听数学系和物理系的数学课。我今天能使用数学工具研究经济学问题，与何老师的远见分不开。在国内教授政治经济学的老师中，何老师或许是最早从数学专业的学生中招收研究生的导师之一。栗树和是数学系计算数学专业的高才生、我读书班的成员，1983年毕业时，何老师硬是把他留在经济系当老师，随后又招他读经济学研究生。

何老师创办了西北大学经济系，梦想他的得意门生们能接过他的班，把西大经济学办得越来越好。但他同样为他学生的前途着想。有些他得意的学生离他而去，他虽然难过，但从不阻拦。在我的印象里，魏杰是他最得意的学生，上了两年本科就被他收为研究生。他曾多次讲到，希望魏杰能接他的班。人大博士毕业后，魏杰没有回西大，何老师感到遗憾，但更为魏杰的学术成就自豪。1984年毕业时，我决定到国家体改委研究所工作。记得在送别的会上，何老师很动情地说，他是很舍不得我走啊。或许我们都太自私，一个个相继离他而去，让他一次次失望。

我师从何炼成老师整整7年，不，应该说整整41年了。不论我在什么地方，导师的教诲和宽容总在伴随着我。是何老师将我引入经济学殿堂，教给我经济学知识，滋养了我自由的习性。这份师生情，值得我永远珍惜。

直到85岁高龄，何老师仍然上讲台。他离不开讲台，离不开学生。

几年前，他得了阿尔茨海默病。头两次去看他，他已认不出同行的另一位同学，但仍然能说出我的名字。最近一次去看他，他只是握着我的手微笑，似乎想不起我是谁。

但，恩师点滴，永远在学生们的记忆中！

（1997年1月20日完成初稿，2019年9月8日修改定稿。）

诺奖得主詹姆斯·莫里斯

莫里斯教授总是告诫他的学生，搞研究，要想大的，干小的（think big and work small）：要选择最主要、最基本的问题，然后分解出这些问题中最本质的东西，找出基本结构，给出确定的结论。我理解，莫里斯教授说的『想大的，干小的』与胡适先生讲的『大胆假设，小心求证』的意思差不多。这样的方法由他自己实践，就是最好的经济学。

我的导师詹姆斯·莫里斯教授

2018年8月29日，在舒伯特的音乐声中，詹姆斯·莫里斯（James Mirrlees）安详地走了，享年82岁。

2017年11月底，他还去三亚的一个论坛做演讲，我一个朋友在机场候机时遇到他，打电话告诉我，老先生很精神。但12月12日，他在香港的家中突然晕倒，被送到医院紧急抢救。医生诊断后说他得了脑炎，然后他就开始接受治疗。2018年3月24日，我去香港看他，他还约了几位朋友在家里举行了晚宴。虽然身体虚弱，但席间他还不时插话，和大家愉快地交流。我们都祝愿他早日康复。他即将卸任香港中文大学晨兴书院院长，按计划回到剑桥，安度晚年。但治疗并不像医生预想的那样有效，他的病情时好时坏。7月30日我再次去香港看他时，是在医院的重症监护室与他相聚。告别时我给了他一个拥抱，期待明年他生日的时候再到剑桥给他祝寿。没想到，这就是永别！8月1日，在医护人员的陪同下，他乘坐飞机返回英国。正当大家期待他的身体能在家乡得到更快康复时，剑桥的医生诊断他得的是脑瘤。医生说，他的生命只剩下几个月的时间。不曾想到，实际上只有短短的三四周，没有给我再见他一面的机会。

牛津剑桥一书生

詹姆斯·莫里斯于1936年出生于苏格兰，与经济学的鼻祖亚当·斯密是同乡。他从小爱好数学，也觉得经济学很有趣。1957年获得爱丁堡大学数学硕士学位，1963年获得剑桥大学经济学博士学位。此后曾任教剑桥，也曾到麻省理工任客座教授。1969年，年仅33岁就被正式聘为牛津大学的教授。那时牛津经济学系总共也就两三个教授职位，获得一个教授头衔可不是件容易的事。更不可思议的是，当时他并没有公开发表有影响力的论文，这或许说明当时牛津选拔人才有很好的机制，能够发现优秀学者的潜质。从1969年起到1995年，莫里斯教授一直从教于牛津，任该校埃奇沃思经济学讲席教授、纳菲尔德学院院士（我到纳菲尔德学院时，他已是该学院最资深的院士）。他曾担任过世界计量经济学会会长、英国皇家经济学会会长等职，是英国科学院院士、美国艺术与科学院院士。此外，他还兼任过卡拉奇巴基斯坦经济开发研究所顾问、英国财政部政策最优化委员会成员等职。1994年，与他感情甚笃的夫人去世。为了换个环境，他决定离开工作26年的牛津大学，于1995年4月回到母校剑桥大学，担任三一学院政治经济学教授，1996年获诺贝尔经济学奖，时年60岁。

诺贝尔奖不期而来

获得诺贝尔奖半年后，1997年4月，莫里斯教授应邀对中国进行了为期两周的访问。他此次中国之行的官方目的，是参加国家体改委于4月14—15日在京举行的"金融风险管理国际研讨会"，并在经济学消息报社举办的"信息经济学研讨班"上做演讲。因为这是他首次来中国，为了使他对中国的历史、文化以及当前的经济改革和发展状况有一个较全面的了解，我特意协助安排了他去深圳和西安访问。从他4月6日抵达香港开始，至4月20日离京返英，我全程陪同了他。

在中国期间，有好几次，人们好奇地问莫里斯教授，他是什么时候得知自己获诺贝尔奖的。他回答说，1996年10月8日上午11点（瑞典时间中午12点，诺贝尔评审委员会总是在这个时间电话通知，即使获奖人在美国加州）。当时他在办公室接到从瑞典打来的一个电话，说他是本年度诺贝尔经济学奖的两位得主之一。一开始，他不相信，以为是有人同他开玩笑，因为过去确实有人被开过这样的玩笑。只是当他认识的评审委员会的一位经济学家直接同他说话时，他才相信，自己是真的获奖了。

1997年1月29日下午,我和莫里斯教授一起从剑桥大学到伦敦政治经济学院参加学生们为他举行的庆祝会。路上,我曾问他是否曾想到过自己会得诺贝尔奖,他笑着回答:"可以说,没想过。"他说,很长一段时间,他就认为麻省理工的彼得·戴蒙德(Peter Diamond)教授应该得诺贝尔奖。当然,因为戴蒙德教授的许多研究是与他合作完成的,如果戴蒙德获奖,他或许会跟着沾光。事情没有如他想象的那样发生,不过他仍然认为,戴蒙德未来仍然有希望获奖。(戴蒙德于2010年获得诺贝尔经济学奖。)

不过,莫里斯教授提到,当年,埃德蒙·费尔普斯(Edmund S. Phelps)在看到他1971年发表的所得税文章的初稿时,就认为这篇文章应该得诺贝尔奖。当时,诺贝尔经济学奖刚刚设立不到两年。另外,有几次他到一些大学演讲时,主持人介绍说,这可能是未来诺贝尔奖的得主。不过,他说,戴过这种高帽子的恐怕不下100人,谁也不会当真。(埃德蒙·费尔普斯是2006年诺贝尔经济学奖得主。)

费尔普斯还真是有眼力!莫里斯是和加拿大籍经济学家威廉·维克里(William Vickrey)共享1996年诺贝尔经济学奖的,获奖理由是他们"对非对称信息下经济激励理论的开创性贡献",都与莫里斯1971年的文章有关。他们二人之间没有合作,我也不知道他们是否曾经见过面,但莫里斯在他1971年发表的最优所得税的论文中,引用了维克里1947年出版的著作《累进税制议程》。他后来在一篇文章中也提到,他确实是想解决维克里20多年前就提出但一直没有人关注的问题。这一引用对维克里获奖或许有所帮助。2018年3月24日在莫里斯的家宴上，我亲耳听斯德哥尔摩经济学院的约尔根·韦布尔（Jörgen W. Weibull）教授说道，正是这个引用，让他们顺藤摸瓜，发现了维克里在信息经济学方面所做的开创性研究，把他们两人独立做出的贡献联系在一起。约尔根·韦布尔当年是诺贝尔经济学奖评审委员会的成员。维克里当时在学术界已不再活跃。

莫里斯教授发表的论文不算多，但几乎每一篇都可以说是经典性的、高质量的。我1990年年初到牛津大学攻读学位时，曾与一位年轻的经济学家聊天，问他牛津大学谁最有希望获得诺贝尔经济学奖，他不假思索就说："詹姆斯·莫里斯！"当时我并不理解，因为莫里斯并不是一位高产的经济学家。他说，是的，但篇篇经典！这与罗纳德·科斯（Ronald H. Coase）相仿。细读莫里斯的文章，确实感到他行文的大师风范，虽然字面上很随便，但很多有价值的思想已经包含在其中了。我想，这是他的文章之所以被称为经典的原因所在。

我曾问莫里斯教授，有没有人把获得诺贝尔奖作为自己的奋斗目标。他说，自然科学界有，但经济学界大概没有。

有一次，在谈到数学家和经济学家的关系时，莫里斯说道，1997年3月，他在波兰给数学家做了一次学术报告，主持人在介绍他时说，诺贝尔奖没有数学家的份，不过，数学家已找到了摘取诺贝尔奖桂冠的途径，那就是把自己变成经济学家。我开玩笑地问他，那你决定从数学转向经济学时，是不是想到要得诺贝尔奖呢？他回答说，那不可能，因为当时还没有诺贝尔经济学奖呢！

莫里斯教授还给我讲了有关诺贝尔奖的许多有趣的故事。肯尼斯·阿罗（Kenneth J. Arrow）和约翰·希克斯（John R. Hicks）于 1972 年因对一般均衡理论的贡献同时获得诺贝尔经济学奖，阿罗有点不大高兴，因为他觉得像他这样的经济学家应该单独获奖，不应该与他人分享；而希克斯说，诺贝尔奖评审委员会把他的贡献搞错了，他认为自己最重要的贡献在经济史方面，而不是一般均衡。威廉·维克里在获奖后，强调的是自己在有关改革地铁收费、选举制度、预算赤字等方面的实践思想，而不是自己的理论模型。他把自己获奖的 1961 年论文说成是"one of my digressions into abstract economics"（离题进入抽象经济学的一个例子）。据说，当约翰·纳什（John F. Nash）听到自己与另外两人同时获奖时，还不知道另外两位获奖者是何许人呢。

我曾问过莫里斯教授有关诺贝尔奖提名的事，他说他每年都收到提名信，但除一次之外，他都忘记了把提名信按时寄回。他说，按规定，提名必须保密，不过，也有人为了讨好别人，告诉获奖者"我提名了你"。我问莫里斯教授，听说诺贝尔评审委员会每年的提名信中，有近一半人是自己提名自己，是否真有此事？他说，这不大可能，因为按规定，自己不能提名自己。当然，是不是有人互相提名，他就不知道了。

我还曾和莫里斯教授讨论过评奖的权威性问题。我告诉他，有一些奖项，评审委员会的人并没有激励说真话，所以这些奖没有权威性。他说，要让评委们说真话，首先得对什么是好的成果有一个公认的评价标准，这就涉及科学规范问题。如果大家的评价标准基本一致，评委不说真话，奖的权威没有了，评委的威信也就没有了；相反，如果大家的评价标准相差很大，评委的自主权就大了，就可以随心所欲讲人情。当然，诺贝尔奖也不是没有争议的，如对文学奖的争议有时很大，这是因为评价文学作品的标准并不如自然科学那样一致，同样的作品，有人喜欢，有人不喜欢，这在自然科学上是不可能的。经济学还没有自然科学那么标准，但比起文学来说要好一些。

桃李满天下

在1997年访问中国期间，在好几个场合，人们提到我，说感谢莫里斯教授为中国培养了我这样一位经济学家。听到这些赞美之词，莫里斯教授总是微微一笑，而我却感到汗颜。莫里斯教授教书30多年，培养了不少举世一流的经济学家，我算老几？我知道莫里斯教授对我还不错，也不羞于承认我是他的学生，但我心里明白，在他所有的学生中，我充其量只能算是个中等吧。当然，听到他说好话，我还是蛮开心的。在西安时，他对我的硕士生导师何炼成教授说："在培养学生方面，我们俩都有一个秘密，那就是选择好的学生。"

1997年1月29日，莫里斯教授过去的学生在伦敦政治经济学院举行了一次学术报告会，庆祝他获奖，我应邀参加。出席这次报告会的有近200人，当然不一定全是他直接指导过的学生，也不是所有他指导过的学生都出席了。据牛津大学纳菲尔德学院院长、时任英国皇家经济学会主席安东尼·阿特金森（Anthony Atkinson）教授的统计，莫里斯教授"认可的"（recognized）学生共有70多位，这当然不包括那些只是听过他课的人。在这次报告会上，我惊讶地发现，许多我过去知道的很有名气的经济学家原来都曾是他的学生，包括安东尼·阿特金森，伦敦政治经济学院教授、后来曾任世界银行首席经济学家的尼古拉斯·斯特恩（Nicholas Stern），剑桥大学教授帕萨·达斯古普塔（Partha Dasgupta）等这样一些早已闻名世界的经济学家。

作为一位导师，莫里斯教授堪称楷模。尼古拉斯·斯特恩在报告会上的发言准确地概括了这一点。斯特恩说："作为老师，Jim（詹姆斯的昵称，他的学生和朋友都这样称呼他）很特别。他每周见你一次，他期望你写出一些有意思的东西，他读你写的东西，他对你下一步干什么有很好的建议。他假定你知道布朗运动、测度理论、变分法、动态替代定理及其与劳动价值论的关系，知道边沁、卢梭、罗素和维特根斯坦,知道印度的历史、好吃的东西、严肃音乐,等等。在你开始做他的博士生几天之内,他会邀请你到他充满温暖和友好的家里做客。我记得,在我做他学生的早期,他问我是不是钱不够花,他有流动资金,可以帮我度过困难时期。对一个博士生导师来说,这是非常严肃而特别的行为。当然,那是我做博士生的唯一经历;我曾以为,所有导师都会像他一样。如你们知道的,并非如此。"

1982年,莫里斯教授被华威大学授予荣誉博士学位。在那个场合,尼古拉斯·斯特恩讲过如下一段话:"做过詹姆斯·莫里斯学生的人,没有人能忘记自己的这段经历。当你向他陈述一个半生不熟的、不重要的观点时,他会皱眉。另一方面,他会鼓励你追求新的思想并用清晰和严密的方式表述它。他慷慨地把自己的时间和思想给予学生,他能敏锐地告诉你什么是有意思的问题、结果可能在哪里。他有着广泛的兴趣,这一切使得他成为激励数代学生最好的源泉。他的不少学生,许多他学生的学生,尽管还年轻,已在欧洲、北美和世界其他地方的著名大学担任首席教授的职位。"今天,这个级数已扩展到他的学生的学生的学生,或许更远。

我对斯特恩教授的话深有同感。在牛津大学读博士期间,我有幸成为莫里斯的学生。从1991年起的三年中,我几乎是每两周见他一次,每次一小时,讨论我的博士论文。当然,这对我也是一种压力,因为见他之前,我必须写出新东西来。他主要负责指导我博士论文的模型化方面,有时我自己觉得走投无路了,但经过他一点

与莫里斯教授在剑桥大学（2001年）

拨，顿时就有峰回路转的感觉。遗憾的是，那段时间因为他夫人身体不好，他不再如过去那样邀请他的学生到家里做客。但他对学生的关爱始终如一。在我毕业三年之后，他还曾帮助我证明了一个定理。2018年3月我去香港探望他时，给他带去了我刚出的两本英文书，他非常高兴，还要我签上自己的名字！

莫里斯教授当年在剑桥大学读书时的导师约翰·理查德·尼古拉斯·斯通（John Richard Nicholas Stone）教授，是1984年诺贝尔经济学奖得主。在陕西省省长程安东宴请莫里斯的餐桌上，当我提到这一点时，程安东省长说，希望莫里斯教授的学生也能获诺贝尔奖。莫里斯教授回答说，可惜诺贝尔奖得主不能像中国过去的皇帝一样指定自己的接班人；当然，他也不能阻止他的学生或学生的学生中有人获诺贝尔奖。

飞机上为我解数学难题

1997年春，我在香港城市大学做访问学者，我和栗树和博士正在合作写一篇论文。在这篇论文中，我们的一个重要发现是，在一个合伙制契约安排中，一个人应得收入的最优份额随其在团队生产中的相对重要性的增长而上升，但相对重要的人的最优份额应随生产的团队化程度的提高而下降。我们用计算机模拟表明这个结论是正确的，但在给出这个结论的解析证明时遇到了麻烦。我们花了很长时间，都无法得到解析证明。栗树和博士原是西北大学数学系的高才生，又曾在美国明尼苏达大学师从著名经济学家里莱昂尼德·赫维奇（Leonid Hurwicz）（因对机制设计理论的贡献，2007年获得诺贝尔经济学奖），经过严格的数学和经济学训练。连他也觉得这个结论难以证明时，我感到很绝望。如果不能得到解析证明，这个结论就不能作为"命题"给出，而只能做一般性讨论，无疑是一个很大的遗憾。在莫里斯教授到香港后，我们怀着一线希望，看看他能否帮我们解决这个难题。

4月10日上午，我陪同莫里斯教授从深圳乘飞机去西安。飞机起飞大约半小时之后，我把事先归纳好的数学问题给他，问他有无

1997年4月10日,从深圳到西安的飞机上,莫里斯教授在帮我证明一个定理

可能解决。他拿起来看了几分钟,问了我一些符号方面的问题,就开始拿出笔在稿纸上演算。我用相机拍摄下了这一珍贵的镜头。大约花了不到一小时的工夫,在飞机将要降落前,他说证明基本上完成了,但他还得再检查一下。

4月11日上午,在西北大学图书馆做完演讲后,他利用在宾馆休息的时间,完成了证明的最后一步,12点,我叫他去吃饭时,他把结果交给了我。

我非常兴奋,当天晚上就打电话告诉了栗树和,随后又把莫里斯的证明传真过去。20日回到香港,我们又一起讨论了莫里斯教授的证明,不得不承认,他的证明方法很奇妙,诺贝尔奖得主就是非同一般。从此，我们的论文上多了这样一个脚注："We owe James Mirrlees for his proof of the second part of this proposition."（我们感谢詹姆斯·莫里斯为本命题第二部分所做的证明。）

如何成为一个好的经济学家

在与西北大学经济管理学院师生的座谈会上，一位学生问莫里斯教授，凭他30多年的教书和研究工作的经验，他认为如何才能学好经济学，成为一位优秀的经济学家。莫里斯教授回答说，重要的当然是要努力学习，努力工作。具体来说，第一，要学好数学，没有好的数学训练是很难学好经济学的；第二，要掌握好主流经济学的分析方法；第三，要选择正确的问题去研究，不要把时间浪费在错误的问题上；第四，还要选择一位好导师。

在这之前不久，美国报纸上曾登过约翰·卡西迪（John Cassidy）的一篇长文——《经济学的衰落》。这篇文章对经济学的数学化倾向提出尖锐的批评，在欧美经济学界引起很大的反响。我问莫里斯教授对这篇文章的评价，他说，他当然不能同意作者的观点，可惜作者虽在文中提到他，但并没有采访他，他没有机会表达自己的意见。他说，数学是一种逻辑严密的分析工具，使用数学，至少可以保证理论不出现逻辑错误，至于是不是能发展出好的理论，那就看你的本事了。过去好多经济学家写出好多书，人们要花时间读，但后来用数学一检验，发现不少理论是错的，后来的经济学家又得花时间纠正这些错误。

莫里斯教授的学生都知道，他是特别强调选题的。他自己的经历就是一个很好的例子。他从研究经济增长开始，顺藤摸瓜，找到了信息不对称和激励这两个影响经济增长的关键因素，而许多当年研究经济增长的经济学家都走进了死胡同。在中国期间，他又多次与我谈到选题的重要性。有一次，他说，当然，即使对一个伟大的经济学家来说，也并不总能选择好的题目。比如说，希克斯后来选择的一些题目价值就不大，至少不像他自己想象的那么大。

莫里斯教授总是告诫他的学生，搞研究，要想大的，干小的（think big and work small）：要选择最主要、最基本的问题，然后分解出这些问题中最本质的东西，找出基本结构，给出确定的结论。我理解，莫里斯教授说的"想大的，干小的"与胡适先生讲的"大胆假设，小心求证"的意思差不多。这样的方法由他自己实践，就是最好的经济学。

做"小思想家"，不做"大思想家"

在中国访问期间，有几次，在演讲之后，听众问莫里斯教授对中国经济有什么看法，能不能为中国政府出点主意。莫里斯教授总是谦虚地说，他是第一次来中国，对中国很无知，来中国后，他学到了很多东西，知道中国经济发展很快，制度变化很大，当然问题也不少，但无论如何，他还没有资格为中国政府提什么政策建议。他说，经济学家影响政府政策的最好办法是教育政府官员，而不是直接参与政策制定，至少他本人是这样认为的。他的第一个合作者卡尔多（Nicholas Kaldor）先生（已故著名经济学家、剑桥大学教授）曾去过多个国家，建议进行税制改革。每次他走后，这些国家就会有些政策变化，但紧随其后的常常是老百姓的不满，甚至发生革命。这样重复几次，就没有人再听他的建议了。

在商务印书馆为《詹姆斯·莫里斯论文精选——非对称信息下的激励理论》（以下简称《詹姆斯·莫里斯论文精选》）举行的新闻发布会上，汪丁丁博士请莫里斯教授预测一下今后50年内经济学的发展趋势。莫里斯教授说，预测5年都很困难，更不用说预测50年了。不过，他说，有一点是确定的，那就是，经济学的发展越来越专业化。未来，每个人只能专注于某个很小的领域，不可能研究很多问题，像亚当·斯密这样的人不会再有。当然，"big thinker"还是需要的，是有用的，尽管不会像过去那么受到人们的尊重。（"big thinker"一词直译为"大思想家"，在英文里有贬义，类似中文里讲的"万金油"。）

记得在"金融风险管理国际研讨会"期间，有一位位高权重的学者在饭桌上海阔天空地谈个不休，俨然是一位"大哲学家"派头，莫里斯教授听而寡语。我后来对莫里斯教授讲，我不太喜欢这个人。

莫里斯教授说，他理解，因为那人是一个"big thinker"，而我只是一个"small thinker"；small thinker 一般都不喜欢 big thinker。

我在想，今天的经济学界，是不是 big thinker 太多，而 small thinker 太少？

编辑出版《詹姆斯·莫里斯论文精选》

1996 年诺贝尔经济学奖宣布后，我应邀先后在多所大学就莫里斯教授对信息经济学的贡献做了演讲，引起不少听众的兴趣。很多听众建议我出版他的论文集，我觉得这是一个不错的主意，随即与他联系。他很爽快地应允了，给我寄来了 30 多篇论文，并授权我全权负责他的论文集的中文版编辑和出版事宜（包括版权问题）。有几家出版社对出版他的论文集感兴趣，我最后选择了商务印书馆。经与商务印书馆的编辑讨论，我从 30 多篇论文中选择了 8 篇与他获诺贝尔奖有关的经典论文。文章由北大的几位研究生翻译，我负责校对。1997 年 1 月 22 日，译稿交给了商务印书馆。商务印书馆上下对这本书都很重视，一拿到译稿，总编亲自督阵，经济编辑室的人员都放下手中的活，分头负责审稿，春节也未能休息。这样，一本 30 万字、充满数学公式和图表、设计精美的《詹姆斯·莫里斯论文精选》终于在莫里斯教授到来之前的 4 月初出版了。

为了隆重推出这本书，商务印书馆领导决定，利用莫里斯教授

《詹姆斯·莫里斯论文精选》新书发布会

访问北京期间开一个新书发布会。新书发布会于4月16日下午2点半在华侨饭店举行，有40多人参加，商务印书馆的总编辑和副总编辑都在场。发布会先由商务印书馆的总编辑讲话。他不仅对莫里斯教授的学术贡献做了高度评价，而且谈到了莫里斯教授对中国经济学的贡献。莫里斯教授发言时说，他很荣幸自己的论文选能在中国出版，并且是由商务印书馆这样一个中国最古老且极富声望的出版社出版。100年来，商务印书馆共出版了3万多本书，一个人就是每天读一本，一辈子也读不完，而现在又加上他的一本。好在这本书收录了他在诺贝尔奖授奖仪式上的演讲，这个演讲概述了他的基本思想，大家也许读一读这一篇就够了。他还说，他不懂中文，难以对这本书的出版质量做全面评价，不过，他看书的出版质量好坏，主要看书中的数学公式和图表，从这一点看，他对书的印刷感到满意。他又说，我为这本书写了一篇介绍他的生平和学术贡献的文章，他不知道我在文中写了些什么，但相信是对的，所以，感谢我。

新书发布会后，许多人围过来与莫里斯教授合影留念，请他在书上签名。我事前曾告诉过他，他不需要为这个新书发布会做特别的准备，但得准备付出点体力（签名是一种体力劳动吧）。果然如此。大部分人在请他签名后，又转过来请我签名，我受宠若惊。

商务印书馆在两个多月时间内出版了《詹姆斯·莫里斯论文精选》，这或许创造了他们馆出版史上的一个纪录。

与中国有缘

1997年4月的访问，是詹姆斯·莫里斯的第一次中国之行。从此，他爱上了中国，之后多次来中国大学讲学，在大型论坛上做演讲，结识了许多中国朋友。他的《经济学的发现》一文，就是在我的请求下，专门为北京大学百年校庆精心准备的演讲稿。他被北京大学授予荣誉博士学位。他还曾参与了一个有关中国社保基金管理的研究项目。2003年从剑桥大学退休后，他应邀于2010年出任香港中文大学晨兴书院创始院长，直到病逝前一个月才按期卸任。这段时间，香港就是他的家。

与莫里斯教授在北大百年庆典活动

在感情甚笃、相濡以沫几十年的原配夫人于1994年病逝后，莫里斯一直过着独来独往的单身生活。1999年12月，在伦敦的一次宴会上，他与同为苏格兰人的白霞女士（英文名为Patricia Wilson）相识。当时，作为剑桥大学李嘉诚基金会中国项目资助的第一位学者，莫里斯即将去中国讲学，白霞女士是该项目的负责人。之后一年多的时间里，二人交往频繁、情投意合，于2001年5月结为伉俪。

这是他和白霞的缘分，也是他和中国的缘分。白霞20世纪70年代后期曾在中国从事文化交流工作，与英若诚、赵丹、黄宗江、蒋子龙等艺术家和作家交往密切，至今保存着他们留给她的数十箱珍贵资料和黄永玉送给她的几幅画。莫里斯的肖像油画是一位旅居美国的中国画家画的，画家是白霞的朋友。他也非常喜欢我的陕西乡党、肖像摄影师张建设为他拍的人物肖像。

在生命的最后二十年，莫里斯一直关注和关心着中国的事情，他的生活和学术与中国密不可分。2016年秋，当他从《南华早报》上读到我和林毅夫有关产业政策争论的报道时，给我发邮件说，希望我能赢得这场争论！2018年7月30日我最后一次去看望他时，他躺在重症监护室的病床上，还希望我讲讲中国的经济情况。

斯人已去，师恩如海。导师的治学精神和言传身教将永远激励着我。

（本文由作者过去写的几篇文章整合而成，2021年5月19日定稿。）

给杨小凯的一封信

你我都是追求学问之人,这是我们能心心相印的重要原因。人们都说,独立的思想者总是孤独的。但对我来说,只要有你在,就不孤独。你虽然去了另一个世界,但你把思想和独立精神留给了这个世界。见不到你人就读你的书,也是一种慰藉。

"最有资格摘取诺贝尔奖的华人经济学家"杨小凯先生

小凯：

　　时间过得真快！转眼间，你离开这个世界已整整17年了。如果人生有轮回，你又快长到前世坐牢的年龄了。我知道你很在意自己的思想在后世的影响力。你应该感到欣慰的是，你的思想不仅没有因为你的去世而烟消云散，恰恰相反，随着时间的推移，它们日益显示出强大的生命力。每到你的祭日，总会有写你的文章和你写的文章在网络上出现。《杨小凯学术文库》卖得很好,尽管定价很高。特别是你那振聋发聩的"后发劣势"理论，现在已被越来越多的人认同，在各种会议和论文中不时被提及。

　　小凯，你应该记得，你我初次见面是1982年2月，在西安。你当时是中国社会科学院实习研究员，来西安参加全国数量经济学第一次讨论会。好像还是我去火车站接的你。会上，我们俩在一个小组，应该是"理论组"，我是小组秘书。我们小组还有王国乡先生，

1957年他在北大中文系读大三的时候被打成"极右分子",1958年被开除学籍,1974年又因"宣传利润挂帅"被捕入狱,先后在劳改农场和监狱里待了22年,硬是在推广华罗庚"优选法"的过程中,悟出了资源最优配置的"边际均等"原理。结识你们,是我在这次会议上最大的收获。

小组会上,我第一次听到你讲你的分工思想。你侃侃而谈,还用粉笔在黑板上画了不少图。你一开口就说,分工理论是亚当·斯密最重要的思想之一,但被新古典经济学抛弃了,只有马克思重视斯密的分工理论。你说你要把斯密的分工理论重新纳入经济学。我当时还没有系统学习过西方经济学,对于你讲的许多观点,我领悟不深,但你对新古典经济学的批评给我留下了深刻印象。当然,西方经济学当时在中国总是受到批判。但你与别人不同。别人批判"西方经济学",是因为它是"资产阶级的""庸俗的";你批判"西方经济学",是因为它忽略了劳动分工。你告诉我,你是在监狱里读《资本论》之后开始思考分工问题的,这更让我肃然起敬。从此,你就成了我心目中的英雄、学习的榜样。

小组会上,我也做过几次发言。我没有你那样的学术积淀,但可能是初生牛犊,发表的观点得到你们的赞许。当需要选拔一个人代表小组在大会发言时,你们都推荐了我。这对刚入读研究生的我来说,是莫大的荣幸。现在想来,我能被推荐、代表小组在大会发言，很大程度上得益于我们小组的大部分人都不是科班政治经济学出身，不受条条框框的约束。我在大会上的发言既得到一些人的赞许，也引起一些人的不满。好在在你们的帮助下，平息了不满。你鼓励我说，做学问，就得准备好接受批评；如果你的观点没有人反对，那说明你没有自己的观点。

你劝告我，要学好经济学，必须学好数学；数学学不好，连文献也读不懂。我在读大学本科时，修过微积分。你说这不够，还需要懂得集合论、概率论等。你告诉我，你的数学是在牢里跟一位狱友学的，这位狱友是一位被打成"右派"的工程师，毕业于中山大学。我听从了你的建议。开学后，我就选修了物理系的线性代数和概率论课程，还参加了数学系和化工系几位教师组织的"运筹学研讨小组"，学到一些有关控制论、系统论、信息论的知识。我后来也读过你写的《经济控制论初步》一书。

当然，你我后来都认识到，经济学的数学化在使经济学变得更为"科学"的同时，也让经济学付出了巨大的代价。你所钟爱的分工理论之所以被主流经济学家抛弃，其最重要的原因是经济学家没有办法把分工理论数学化。100多年来，经济学家一直沿着数学上阻力最小的路径前行，撇开了几乎所有没有办法数学化的问题，不论这些问题在真实世界中多么重要。你发展出"超边际分析"试图解决这个问题。你曾说过新古典经济学是"地心说"，你的新兴古典经济学是"日心说"。但在我看来，你的新兴古典经济学更像"第谷系统"（Tychonic system）。[1] 我知道你晚年时非常认同哈耶克的思想，但我不知道你是否意识到，哈耶克思想的核心是他的知识论和认识论。如果接受了哈耶克的知识论和认识论，你大概不会继续把你的分工理论纳入新古典经济学的框架。当然，你知道不纳入新古典经济学框架，论文就很难发表，甚至博士论文答辩都难以过关。很遗憾，我们现在没有办法面对面讨论这些问题，我不能确信你是否同意我的说法，包括对你的经济学理论的评价。

小凯，我知道西安会议后不久，你到武汉大学教书去了，又过了一年多，1983年秋，你去普林斯顿大学读经济学博士了。听说你出国留学还很费了一番周折。当时你还没有被平反，出国政审通不过。如果不是邹至庄教授给国务院领导写信，国务院领导做了批示，你是拿不到护照的。你真有福气，遇到了贵人。1990年我去牛津大学读博士时，也是靠贵人帮忙才拿到了护照。

再次见到你是在四年之后。1986年8月，你回国探亲时，我所在的体改所邀请你给大家做了个学术报告。我的同事们都很崇拜你。你在报告中介绍了美国经济学的新发展，包括交易成本理论、激励机制理论和新贸易理论等。当然，你讲得最多的是你本人的研究工

---

[1] 第谷系统是16世纪丹麦天文学家第谷·布拉赫（Tycho Brahe）提出的天体运行模型，它是哥白尼体系和托勒密体系的混合，认为太阳和月亮围绕地球转，其他行星围绕太阳转。

给杨小凯的一封信

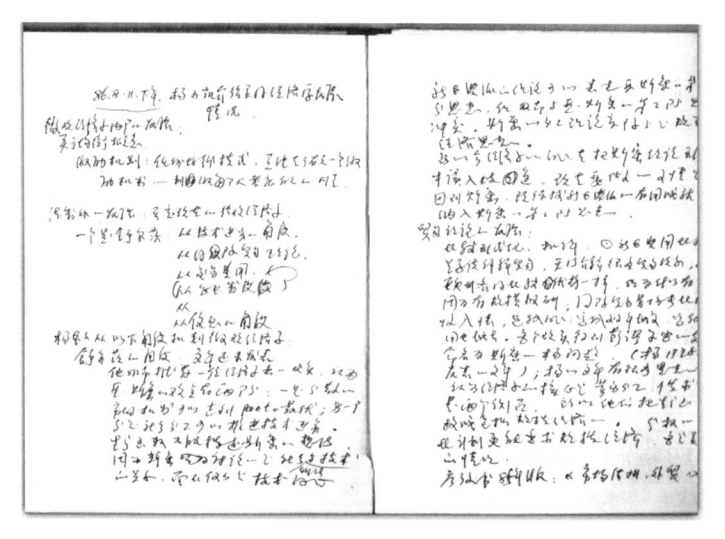

我听杨小凯 1986 年 8 月 11 日在体改所做报告时的笔记

作。你说你的博士论文就是要把亚当·斯密的分工理论纳入主流的新古典经济学，彻底改造微观经济学和经济增长理论。你的核心思想是，市场可以促进劳动分工的深化和技术进步，交易成本的降低可以提高均衡的分工水平。你认为，技术进步是内生的，不是外生的；是结果，不是原因。斯密认为分工依赖于市场，你说，市场又依赖于分工；技术进步、人力资本的提升，都是分工/迂回生产的函数。

在你这次回国期间，除了听你的报告，我还与你有多次单独的交流。你告诉我，一定要读罗纳德·科斯和张五常的文章，说他们是交易成本理论的开创者和代表人物，虽然没有做数学模型，但思想深刻，洞察力超强。你把科斯的《企业的性质》（"The Nature of the Firm"）一文的英文复印件给我，我让我的同事栗树和翻译成了中文，经我校对后发表在体改所出版的《经济发展与体制改革》杂志1987年第1期。这应该是科斯文章的第一个中译本。

你有关现代公司和所有制的观点给我留下了深刻的印象。你说，职业经理人与财产所有权的分离，是分工的一种深化。有些人有财产但无经营才能，有些人有经营才能但无财产。股票市场使所有者加强了对财产的控制，而不是相反。所以，公司不是削弱了所有权，而是加强了所有权。

你的这一观点启发了我后来的研究。1986年12月，我写了《企业家与所有制》一文，全文两万多字，分两大部分：（1）股份制与企业家职能的分解；（2）国家所有制下的企业家不可能定理。《经济研究》杂志接受了这篇文章，本计划把全文发表在1987年第1期，已经排好版，但编辑出于谨慎，只发表了第一部分。记得2000年你回国时，我送了你我新出版的《企业理论与中国企业改革》一书，其中全文收录了这篇文章。你回澳大利亚后读了这篇文章，对文章的第二部分尤为赞赏。你在电子邮件里说："维迎，你十几年前就有这样的观点，很了不起，这些观点放在现在，也是超前的。"你还在一篇文章中引用了我的观点。谢谢你，小凯！

1990年9月，我去牛津大学读博士，你当时已在澳大利亚蒙纳士大学谋到教职。在我读博士的四年间，我们之间有频繁的电子邮件交流。你告诉了我不少写博士论文的经验，以及你最新的思想发展。你鼓励我一定要写出自己的独立思想，不要怕冒风险。1994年8月我回国时，曾把我们之间的邮件全部复制在一个软盘上，可惜现在的软件打不开这个软盘。但我博士论文中有关文献的综述一章，留下了我们之间交流的痕迹。我把"交易成本理论"分为两大部分：（1）间接定价理论；（2）资产专用性理论。其中的"间接定价理论"部分，主要概述了张五常和你（及黄有光）的观点。我在文中提到，你与科斯的一个重要区别是，按照科斯的理论，交易成本的增加将缩小市场的范围而扩大企业规模；而按照你的理论，如果个体之间的交易效率存在差异，交易成本的增加将同时减少市场规模和企业规模。我评论道："从历史的观点看，杨小凯和黄有光的论点更为有力。"

记得你对我提出的"企业的企业家－契约理论"有过不少评论。你是从劳动分工和专业化角度解释企业的价值，而我是从人口中企业家精神的差异解释企业的价值。你概括说，你的理论是"内生分工企业理论"，我的理论是"外生分工企业理论"。将这两方面结合起来，可以更好地理解企业的性质。你在校对你和黄有光即将发表于《经济行为与组织杂志》的文章时，还在参考文献上加上了我的博士论文。

现在，我认识到，不理解企业家精神，就不可能真正理解市场。

新古典经济学里没有企业家，因而不是一个好的市场理论。在我概括的"斯密—熊彼特增长模型"中，企业家占据中心地位：创新是企业家的功能；通过创新，企业家不仅创造出新的产品和新的技术，而且创造出新的市场和新的产业；把新的财富变成新的市场，也是企业家的功能。正是企业家，使得"市场规模扩大→分工和专业化深化→创新→收入增长→市场规模进一步扩大"的正循环成为可能。把企业家精神与分工理论联系起来是一个非常重要的论题。但我认为，你的超边际分析也没有办法把企业家精神模型化，因为企业家决策本质上就不是科学决策。如果你还活着，我们俩继续讨论这个问题，该是很有意思的。

小凯，对你给予我的关心和帮助，我一直心存感激。1994年我博士即将毕业时，你曾问我是否有兴趣到蒙纳士大学工作，你还向香港大学的张五常教授推荐了我。1995年春，当蒙纳士大学有一个客座讲师的空缺时，你曾写信问我是否有兴趣。我那时正忙于北京大学新成立的中国经济研究中心的教学和学术组织工作，没有能接受你的邀请，现在想来，有些遗憾。1996年12月，我邀请你来中国经济研究中心访问，你给博士生和研究生做了三次有关超边际分析的讲座，其中有个学生后来还跟随你读了博士。

当时，我的《博弈论与信息经济学》刚刚由上海人民出版社出版。你看了这本书，自告奋勇说要给我写一篇书评。记得那天晚上我们聊到10点多，第二天我去接你上课时，你就把写好的书评交给了我。

给杨小凯的一封信

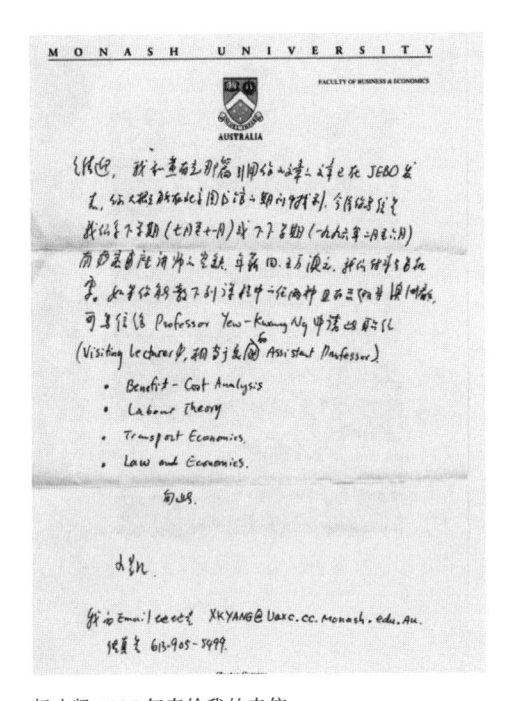

杨小凯 1995 年春给我的来信

杨小凯在北大授课（1996 年 12 月）

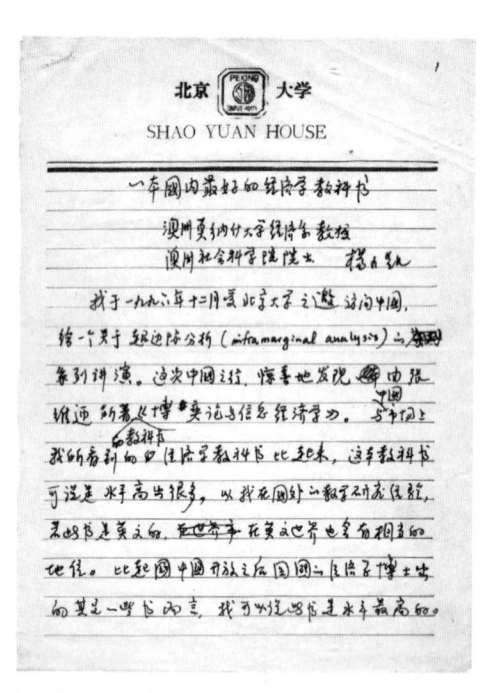

杨小凯为我的《博弈论与信息经济学》一书写的书评手稿

你大概一晚上没怎么睡觉。你的书评是手写的,文章一开头就说:"这次中国之行,惊喜地发现由张维迎所著的教科书《博弈论与信息经济学》。与中国市场上我所看到的经济学教科书比起来,这本教科书可说是水平高出很多。以我在国外的教学研究经验,若此书是英文的,在英文世界也会有相当的地位。"你的书评发表在《经济研究》1997年第1期。有你的加持,这本书一直卖得很好,多年来居于中国人文社科书籍引用榜的前列。

给杨小凯的一封信

小凯，我们最后一次见面应该是2002年春天，在北大。这一次，你谈得最多的不是你的超边际分析和新兴古典经济学，而是中国可能面临的"后发劣势"；不是复杂的数学模型，而是哈耶克的演化思想。你似乎迷上了哈耶克，你说哈耶克是思想最深刻的经济学家和哲学家，遗憾自己读他的书晚了。你说你不曾崇拜任何经济学家，包括诺贝尔奖得主，但哈耶克可能是个例外。我当时也在读些历史书籍，我们之间产生了很多共鸣。

你对中国的改革忧心忡忡。你警告的"后发劣势"对我和好多国内经济学家可以说是醍醐灌顶。你说，今天的中国经济学家经常谈论经济发展的后发优势，但是他们很少注意西方经济学家所关心的后发劣势。经济发展中的后发劣势又被称为"后起者诅咒"，意指下列现象：经济发展中的后起者往往有更多空间模仿发达国家的技术，用技术模仿来代替制度模仿。因为制度改革比模仿技术更痛苦，更触痛既得利益者，更多模仿技术的空间反而使制度改革被延缓。这种用技术模仿代替制度模仿的策略，短期效果不差，但长期代价极高。你说，中国到处都有"科教兴国""教育兴国"的口号，这都是后发劣势的表现。当然，你的观点从来不缺少反对者。

这一次，你还曾希望我带一个企业家代表团去蒙纳士大学参加你组织的一个学术会议。你非常有兴趣给企业家布道。我派了一个代表团，其中有李宁等人，但我自己没能去成，真是抱歉。

杨小凯与李宁（左）、肖瑞（中）在蒙纳士大学交谈（2002年夏）

小凯，我是在 2004 年 7 月 8 日早晨得知你去世的消息的。虽然之前知道你肺癌复发，但这个消息还是来得太突然了。1 月 7 日，也就是你去世的整整半年前，你在电子邮件里告诉我，你的身体状况从 12 月底开始恶化，在做了一段时间放疗后，已经恢复化疗。你祈祷上帝帮助你赢得这场战斗。在 3 月 6 日的一封邮件里，你说你可能要去洛杉矶接受一种新的治疗方法（GVAX），尽管药物是免费的，但各种检查费用不菲，可能会花掉你的全部积蓄。如果不幸的事情发生，小娟和孩子们面临的困难，将不仅是心理上和生理上的，还有生活上的。我在给你的回复邮件中，还期待你能康复。10 年的牢狱生活没有打垮你，我相信疾病也不能打垮你，何况你当时已经皈依基督教,有上帝帮忙。谁知道,上帝只是让你走得安详,没有能把你留在人间。没有在你生命的最后一刻看望你,是我一生的遗憾。

小凯,我们共同的朋友文贯中在悼念你的文章中的如下一段话,我非常认同。他说:

> 小凯几乎在一切方面都是一个远远走在时代前列的人。这样做是需要勇气的,是需要大智慧的,是需要对真理的执着追求的,也是必然要付出沉重代价的。也许一些人因此认为他和他的理论太超前,太不适用于中国。我想指出的是,小凯不是个需要审时度势的政治家,而是个不承认有任何理论禁区的学者,并以真理的彻底性为其追求的最终目标。对他来说,理论就是要超前。如果理论不超前,而是跟在实践之后姗姗而行,只能为实践的成功大唱赞歌,或为实践的失败寻找遁词,那么,这样的理论对实践又有什么指导意义呢?要这样的理论又有什么用呢?正是在这个意义上,我认为小凯为我们树立了一个耸入云霄的榜样。他短暂的一生留下的遗产是丰富的、多彩多姿的,有些甚至是引起争论的。他接受寂寞,接受冷眼,坦然对待别人的不理解,继续走着自己的路,直到回到他所深深信仰的天父的怀抱中去。

与杨小凯、高尚全(左二)、张五常(左三)在海口合影(1993年7月)

贯中的话让我想起哈耶克在《自由宪章》中说过的一段话，大意是：政治是关于可行性的艺术，政治哲学是把政治上不可能的事情变成可能的艺术。如果观念要往前走，理论家就不应该被多数人的观点束缚。向流行的观点低头，是对学者使命的背叛。

小凯，你我都是追求学问之人，这是我们能心心相印的重要原因。但我们也都认识到，把不可能变成可能，是非常不容易的事情。这也是我推崇企业家精神的重要原因。企业家做的事就是把不可能变成可能。这需要信仰，也需要意志和耐心。你是一个有企业家精神的经济学家！

小凯，人们都说，独立的思想者总是孤独的。但对我来说，只要有你在,就不孤独。你虽然去了另一个世界,但你把思想和独立精神留给了这个世界。见不到你人就读你的书,也是一种慰藉。

安息吧,小凯!

你的朋友 维迎

2021 年 7 月 6 日

我的中学岁月

我对吴堡中学所有教过我的老师怀有感激之情。在当时的大环境下,出于对学生的爱和职业精神,我们的绝大部分老师仍然兢兢业业地履行着教师的职责,也严格地督促学生好好学习。先后给我们带数学课的魏光华老师和魏峰老师,完完整整地讲完了高中数学课本的全部内容。我高考时数学能得到较高的分数,后来能用数学方法分析经济问题,与他们给我打下的良好的数学功底分不开。

高中毕业合照（1975年）

我是吴堡中学（原宋家川中学）高75届的校友。

我能成为吴堡中学的校友，首先要感谢我的一位小学老师。当时吴堡县共有三所学校提供高中教育：任家沟中学、宋家川中学、郭家沟中学。宋家川中学俗称"二中"，无论资历还是声望，是名副其实的"第二中学"。我的第一志愿填写的是任家沟中学，一是想上全县最好的学校，二是我最要好的发小霍玉平已经在任家沟中学读高中，他比我高一级，我非常希望能和他在一个学校。但我收到的入学通知是到宋家川中学报到。实话说，我当时有些失望。入学后我才知道，这是我一位小学老师"操作"的结果。

这位老师名叫冯德斌，当时在县政府负责伙食管理工作，教育局的工作人员给新生分配学校时，他正好在场，一看到我的名字，就说这个娃娃我认识，让他到二中读吧！这样，我就被扒拉到宋家

与小学老师冯德斌在他当年的县政府办公室门前合影（2020 年）

川中学，也就是现在的吴堡中学。冯老师的想法，一是，任家沟中学虽然距离我村近，但地处山沟，交通不方便，上学需要步行 60 里，宋家川中学距离虽远一些，但在县城，可以搭便车；二是，我在县城读书，可以见大世面，他还可以照应。入学报到之后，我一度还曾想转学到任家沟中学，冯老师说，你别看宋家川中学现在不如任家沟中学，将来一定超过任家沟中学，城里毕竟比农村有吸引力。

后来的事实证明，冯老师确实有先见之明。要不是听了他的话，我现在连参加母校华诞庆典的机会也没有了！任家沟中学二十多年前被撤销了。顺便说一下，冯老师对我印象好，一是，他教我小学一二年级的时候，我学习成绩好，孺子可教也；二是，小学一年级的时候，我曾把捡到的一把裁纸刀交给他，他说这是拾金不昧，在全校大会上表扬了我。"拾金不昧"，是我学到的第一个汉语成语！

我对吴堡中学所有教过我的老师怀有感激之情。我们那一届新生是1974年春天入学的，在当时的大环境下，宋家川中学的绝大部分老师，出于对学生的爱和职业精神，仍然克服困难，坚守教学岗位，兢兢业业地履行着教师的职责，也严格地督促学生好好学习。比如说，先后给我们带数学课的魏光华老师和魏峰老师，完完整整地讲完了高中数学课本的全部内容，他们写满黑板的数学公式，我至今历历在目。就我所知，我这个年龄段的人，学过完整高中数学课的并不多，我高考时数学能得到较高的分数，后来能用数学方法分析经济问题，与他们给我打下的良好的数学功底分不开。给我们带语文课的蒋维礼老师，毕业于复旦大学新闻系，又自学函授中文专业，知识面广，讲课生动活泼、引人入胜，深受同学们喜爱。

1977年秋天恢复高考的消息宣布后，老师们很快就分头编写出了各门课程的高考辅导材料，提供给准备参加高考的同学。我在农村准备高考的时候，魏峰老师从县城给我邮寄来了一大卷油印的数学辅导材料，这些材料是她自己编写的。在我上考场的

与魏峰老师合影(摄于 2018 年;魏老师于 2020 年去世)

与康毅老师合影(2013 年)

马志伟老师

前一天，康毅老师还在他自己家里帮助我复习地理和历史。这些都让我终生难忘。

在我们毕业42年后，教过我们的老师都已离开工作岗位，有些在颐养天年，有些已经离开人世，因而他们中的大多数没有办法参加今天的庆典仪式，但我对他们永远心存感激。谢谢你们，亲爱的老师！

我不得不提到的一点是，在那个年代，或者由于家庭出身的缘故，或者由于个性刚直不阿，说了所谓的政治不正确的话，我们的老师中的一些人一直背着沉重的政治枷锁，受到不公正的对待。比如，在初中和高中都教过我的马志伟老师，1957年在北京师范大学读书时被划为"右派",从北京"发配"到吴堡,先后在枣林坪中学和宋家川中学任教,吃尽了苦头,直到1980年才调回北京,与妻子和8岁的女儿团聚。他桃李满天下,但2010年离开人世时,没有享受一个像样的葬礼,我是唯一一个有机会在医院太平间向他的遗体鞠躬的弟子。看到他冷冻的遗体,眉毛上还结着冰碴,我顿时泪流满面。马老师临终前,托付他太太把一件半新不旧的绵羊皮外套转给我,说这是他在宋家川时穿过的,很保暖,或许我还用得着。

感谢我昔日的同窗同学。我们高中二班总共63位同学,其中大约三分之一来自县城,三分之二来自农村,有干部子弟,但绝大部分是农民的孩子。家在城里的同学生活条件相对好些,农村来的同学大部分生活艰苦。但同学们都能平等对待,相互帮助,结下了一生的友情。城里的同学并不歧视农村来的同学,干部子弟也没有觉得自己高人一等。事实上,与我个人关系最要好的同学,有好几位是城里富裕人家的孩子。课余时间,他们骑着自行车带我逛街,让我这个乡巴佬逐步熟悉了城里人的生活。周末和节假日,我曾去多个同学家吃饭,有时吃完晚饭就睡在他们家里,他们的父母对我很热情,让我感到非常温暖。我上大学期间,几个同学还给过我经济上的接济,让我顺利完成了学业。在我母亲下葬的时候,好几位中学同学专程来为她老人家送行,让我感动不已。

特别值得一提的是,班上有两位同学的父亲在县电影院工作,

1975年与高中同学合影（左起：张尚斌、张维迎、李建平）

我和他们同桌，关系要好。凭着这层特殊的关系，在高中两年期间，我没花一分钱，就看遍了县电影院放映过的所有中外电影。这事在今天看来，确实有些不恰当，但当时不这么想。如果不这样，我是没有可能进电影院的，5分钱一张的电影票，也不是我能负担得起的。

当然，高中同学交往更多的还是在农村来的同学之间，因为我们都住在学校的窑洞，在一个锅里搅稀稠。十几个青春少年睡在一个炕上，吵吵嚷嚷，打打闹闹，自不待言。给我留下最深印象的是，同学们之间分享各自从家里带来的食品。那时候，一天两顿饭，晚饭是高粱米粥，下午4点半就吃过了，到晚上9点的时候，饿得肚子咕咕叫，必须吃点从家里带来的干粮，否则难以入睡。家庭富裕些的，干粮可能是干馒头片或副食店买的糖提子；家庭贫困些的，干粮是红薯干或晾干的土豆擦擦。泡干土豆擦擦，就像现在泡方便面一样，抓一把放在碗里，倒些开水，盖上盖焖一会儿就好，吃起来真香，在我的记忆中，比现在的方便面香。可能是由于土豆便宜，在自己没有东西可吃时，也总能从别人的袋子里抓一把泡着吃，没有人在意。有时候，富有的同学也会给大家分享自己从家里带来的馒头片。通常是，离家近的给予多，因为他们回家次数多，也觉得自己有责任慷慨一些。我敢肯定的是，我吃别人的比别人吃我的多，因为我可供分享的东西实在太少了！

有件事说起来让人难为情，但犹疑再三，我还是决定说一说。那个时候，男生睡觉一般都不穿睡衣，而我在高中二年级之前，连裤头也没有穿过，睡觉时脱光衣服，赤条条躺下盖上被子。记得高中二年级下学期我们换了宿舍，我和薛亚平同学挨着睡。他看到我赤条条躺下，就问我怎么连裤头也不穿，我说我从来就不穿裤头，我没有裤头。他说，不穿裤头睡不文明。这样吧，我有两条，就借给你一条穿吧。这样，我就穿上了他的裤头，毕业的时候，又把裤头还给了他。亚平同学的父亲当时是榆林报社的社长，算个大官，又是文化人，但家在农村，也算不上富有，所以亚平生活很节俭。他因病英年早逝，我没有机会报答他，但我永远不会忘记他借我裤头穿。多么希望他在九泉之下能听到我在这里讲

高中同学薛亚平（1975年）

这个故事！

  高中两年也使我懂得了一个道理：有权的人必须公平！当时每个班都有一位伙食委员，登记同学们报饭，负责收饭费和粮票，开饭时还要掌勺舀饭。其他班的伙食委员几乎是一学期换一个，而我这个伙食委员一当就是两年。究其原因，一是总务长孔令启老师说我账目清，金钱粮票从未出过差错；二是同学们觉得我公平，掌勺时不会偏三向四，也不会给自己碗里多舀一片肉。那时候，只有过节的时候菜汤里才放些肉，平均每人也就两三片，多得一片就相当于现在拿到几百万元的工程项目！

部分高中老师合影（前排左二为孔令启老师）

感谢宋家川中学的创办者和自创办到我入学之前的所有教职员工。宋家川中学长我一岁，他们或许没有机会教我们这些后来入学的学生，我们甚至不知道他们的名字，但似乎从我出生的前一年开始，他们就在为像我这样的成千上万的未来吴堡学子做准备。没有他们的心血，就没有吴堡中学的今天，也没有我的今天。

我还要感谢自我毕业后在这里工作过和仍然在这里工作的教职员工，特别是宋秦瑞校长和他的团队。正是你们的不懈努力，使得吴堡中学能在20世纪90年代跌入低谷之后凤凰涅槃、浴火重生、年年向上，成为值得所有校友为之骄傲的母校！

再次感谢母校，感谢老师，感谢同学们。
60华诞新起点，期待吴堡中学的明天更辉煌！

（本文是作者2018年9月30日在吴堡中学60华诞庆祝大会上的发言。）

我所经历的三次工业革命

我用短短的 40 年经历了三次工业革命，走过了西方世界十代人走过的路！我的幸运是托中国市场化改革开放的福。正是改革开放，使得像我这样的普通中国人有机会享受到人类过去三百年的发明和创造，即便我自己并没有对这些发明和创造做出任何贡献。作为经济学家，在享受三次工业革命成果的同时，我还是期待着我们的国家，能在未来第四次工业革命中做出原创性的技术贡献，而不再只是一个搭便车者。我知道，九泉之下的杨小凯先生会立马警告说，这要看中国能否走出『后发劣势』陷阱。

老家的石碾（2003 年）

"想一想你爷爷在你这个年龄的时候吃些什么、穿些什么、用些什么；再想想你父亲在你这个年龄的时候吃些什么、穿些什么、用些什么；最后，看看你现在吃些什么、穿些什么、用些什么。对生活在200多年前的人来说，他们很难说出自己与其祖先在吃的、穿的、用的方面有什么不同，但今天的你们可以随口说出三代人之间消费和生产方式方面的差异。"这是我在给学生讲解如何判断经济是否增长时说的一段话。

人类的历史有250万年，但人类的经济增长，只有250多年的历史。经济增长在今天被当作常态，但250多年前，经济不增长是常态。

真正的经济增长，主要不是表现在GDP（国内生产总值）统计数字上，而是表现在新产品、新技术、新产业的不断出现上，表现在人们的生产方式和消费方式的不断改善上。250多年前，人类生产和消费的产品种类大概只有 100 种到 1000 种，今天则是 10 亿种到 100 亿种。根据 2017 年 10 月的统计，亚马逊网站销售的商品就有 5.98 亿种。

人类过去 250 多年的经济增长，是三次工业革命的结果。第一次工业革命大约从 18 世纪 60 年代开始持续到 1840 年，其标志是蒸汽动力的使用、纺织业的机械化和冶金工业的变革；第二次工业革命大约从 19 世纪 60 年代开始持续至第二次世界大战之前，其标志是电力和内燃机的发明和应用，还有石油化学工业、家用电器等新产业的出现；第三次工业革命大约从 20 世纪 50 年代开始直到现在，其标志是计算机的发明、信息化和通信产业的变革。

但三次工业革命并不是在所有国家同时发生的。英国引领了第一次工业革命，美国和德国引领了第二次工业革命，美国接着又引领了第三次工业革命。有些国家虽然不是引领者，但在每次工业革命发生后，能很快追赶上，但另一些国家则被远远甩在后面，其中有些国家至今还没有完成第一次工业革命。这就是富国与穷国存在差距的原因。

西方发达国家像我这样年龄的人，当他们出生的时候，前两次工业革命早已完成，只能经历第三次工业革命，但作为中国人，我有缘享受"后发优势"，用短短的 40 年经历了三次工业革命，走过了西方世界十代人走过的路！

我的第一次工业革命

> 四十里那个长洞羊羔羔山，
> 好婆姨出在我们张家畔；
> 张家畔起身刘家峁站，
> 峁地里下去我把朋友看。
> ……

1959年秋，我出生在陕北黄土高原一个偏远的小山村。在我出生的时候，当地人的生活方式和生产方式几乎没有受到第一次和第二次工业革命的影响。我出生的窑洞是什么时候修建的，我父亲不知道，他的父亲也不知道。

在人类漫长的历史中，生活就是衣食住行、柴米油盐，生产就是春种秋收、男耕女织。在我年幼的时候，我穿的衣服和鞋都是母亲手工纺线、手工织布、手工缝制完成的。我至今仍然能回想起，我睡梦中听到的纺车发出的嗡嗡声和织布机发出的吱嘎声。

纺织业是人类最早的工业。手摇纺车在汉代就普遍使用，母亲使用的纺车看上去与汉画像石上的纺车没有什么区别（图1）。母亲用的木制脚踏织布机是印度人在公元500年至1000年间发明的，大约在公元11世纪传入中国（也有专家认为是中国人发明的）（图2）。英国人约翰·凯伊于1733年发明了飞梭，在接近18世纪60

图 1　汉画像石上的纺车　　　图 2　印度人发明的脚踏织布机

年代的时候，飞梭在英国已经普及开来，但 200 年之后，母亲仍然不知道有飞梭，所以不仅织布速度慢，而且只能织出窄幅的布，一条被子需要好几块布料拼接而成。

根据英国科技史学家李约瑟的考证，中国在公元 1313 年就有了三锭甚至五锭纺车，但不知为什么，直到我小时候，母亲用的仍然是单锭纺车。英国第一次工业革命期间，詹姆斯·哈格里夫斯于 1765 年发明了多轴纺纱机（珍妮机），使得一个人同时能纺出几根线。哈格里夫斯最初的模型仅有 8 个锭子，但在他还活着的时候，人们已经能制造 80 个甚至更多锭子的多轴纺纱机了。如果母亲当年能用上多轴纺纱机，她就不会那么辛苦了。理查德·阿克赖特于 1768 年发明了水力纺纱机，埃德蒙·卡特赖特于 1785 年发明了机械织

图 3　1851 年辛格缝纫机（左）与 20 世纪 70 年代的缝纫机（右）

布机，这些都没有影响母亲的生活。

母亲缝制的衣服都是老式的，所以我小时候穿的裤子前面没有开口拉链。偶尔会发生尴尬的事情，就是尿急时裤带打成了死结解不开，就只能尿在裤子里了。每每想起此事，总会让我觉得美国人威特康·L.朱迪森和瑞典人吉迪昂·森贝克在 100 多年前发明的拉链，真是了不起。

美国人艾萨克·辛格早在 1851 年就发明了锁式线迹缝纫机并很快投入商业化生产，但我小的时候，缝纫机在我们那里仍然非常罕见（图 3）。在我 10 来岁时，村里的一位复员军人带回一位山东媳妇，按母亲一方的亲戚关系，我要叫她嫂子。这位嫂子心灵手巧，会用缝纫机做衣服，我穿的第一件"制服"就是她做的。

上大学之后，我就不再穿母亲用土布缝制的衣服了。后来，家里的纺车和脚踏织布机也被当作柴火烧了。

纺和织是棉纺织业的两道主要工序，但在原棉变成能纺纱的原料之前，还需要一些其他工序，其中一项是梳棉。梳棉就是通过梳松、清理和混合，将棉花纤维变得连续可纺的工艺。母亲纺纱用的棉卷是父亲用梳棉弓梳理的。根据李约瑟的考证，梳棉弓是印度人在公元2世纪发明的（图4）。梳棉弓在我们当地被称为"弹花弓"，弹花算是一门小小的手艺，能赚点小钱，父亲是从他的四舅那里学到这门手艺的。

"文革"初期，父亲和他四舅及另一个人合伙买了一台梳棉机，存放在离我们村25里的镇上，逢集的时候就提前一天去镇上弹棉花。梳棉机比梳棉弓的效率要高很多，每次干两天活，每人可以赚到三四块钱，这在当时算一笔不小的收入。可惜好景不长，后来政府搞"割资本主义尾巴"运动，他们的生意就做不成了。

1980年，村里搞起了"包产到户"。父亲把那台梳棉机从镇上搬回家，以为又可以弹棉花赚钱了。但父亲的预测完全错了。没过多久，村里人都开始买衣服穿，连棉花也没有人种了，他的那点小手艺也就废了。根据我脑子里的印象，父亲他们那台梳棉机，就是1748年刘易斯·保尔发明、1775年理查德·阿克赖特改进过的那种梳棉机（图5）！

改革开放后，父亲的另一项手艺也废了。我小时候冬天穿的袜

图4 印度梳棉弓

图5 父亲用过的弹花机（梳棉机）（现保存在我的老家）

子，都是父亲自己捻毛线、自己编织而成的。父亲捻毛线用的捻锤（图6），是新石器时代的发明。我上大学后，就不再穿父亲织的袜子了，他也就不再编织了。其实早在1589年，英国剑桥大学毕业生威廉·李就发明了织袜子机。

第一次工业革命的另一项重要进步发生在冶金工业。冶金工业也是一个非常古老的产业，人类掌握冶炼技术已有5000年，炼铁业也有3000多年的历史。但即使进入铁器时代，铁仍然是一种稀有的贵金属，中国宋代曾用铁做过货币。

但铁的稀缺性被第一次工业革命改变了。1709年，英国企业家

图 6　捻锤

亚伯拉罕·达比发明了焦炭炼铁工艺，使得大规模廉价铁的生产成为可能。1784年，英国海军采购代理人亨利·科特发明了搅拌炼铁法，不久，搅拌炼铁法便在全大不列颠境内成为生产熟铁的通用方法，千百万吨铁就这样被制造出来，人类真正进入铁的时代。1856年和1861年又相继出现了贝塞麦转炉炼钢法和西门子平炉炼钢法，钢的生产成本大幅度下降，从此，钢逐渐替代铁和木材，成为机器设备和车船的主要制造材料。钢不仅架起了跨江大桥，而且托起了摩天大楼。1889年巴黎埃菲尔铁塔的建成，标志着铁时代的结束和钢时代的开始。

进入钢铁时代，也是新中国领导人的梦想。在我出生的前一年，中国搞起了全民大炼钢铁运动。但遍地土高炉圆不了举国钢铁梦。我在农村时，钢还只能用在刀刃上，全村没有一把全钢制的斧头、镰刀、菜刀。不要说钢，铁也很稀缺，最值钱的就是做饭用的锅,所以"砸锅卖铁"就成为人们陷入绝境的隐喻。锅是生铁铸造的,空锅烧热时一沾凉水,就会裂缝,我们家的锅不知补过多少次了。当时农用工具基本都是木制的,门窗上唯一的金属是锁环。由于这个原因,尽管几乎每个村都有一两个木匠,但周围数十里才有一个铁匠。

改革开放后,随着现代化冶炼技术的引进,中国终于进入钢的时代。1996年,中国取代日本成为世界第一大钢铁生产国。现在再回到农村,发现犁、耙子、扇车都已经变成钢制的了,木制工具已成为古董。

煤炭在工业革命中发挥了重要作用,不仅炼铁需要大量的煤,蒸汽机也要烧大量的煤。中国和英国都是煤炭资源丰富的国家,但英国的煤炭助燃了工业革命,中国的煤炭则长期躲藏在人们看不见的地方。经济史学家彭慕兰用煤炭资源的丰富性解释英国工业革命的起源,看来说服力不是很大。我的老家榆林市现在已成为中国的煤都,其煤产量占到全国的十分之一。但在我小的时候,村民做饭、取暖用的燃料主要是柴草、树梢和秸秆,大部分庄户人家用不起煤,尽管那时候每百斤煤的价格只有4毛钱(现在的价格是20元左右)。今天政府已经开始禁止老百姓烧煤取暖了,但那个时候是烧不起煤。

在漫长的历史中,人类生产和生活需要的动力主要来自人自身和大型动物,这一点直到蒸汽机出现之后才得到根本性改变。但蒸汽机发明200年之后，我在农村的时候，动力仍然是人力和畜力。农村人看一个人是不是好劳力，主要看他肩能扛多重、背上能背多少斤。我们村没有马，因为马太贵，饲养起来也麻烦，仅有的几头驴，是生产队最珍贵的生产工具，耕地、驮炭、拉磨、娶亲，都靠它们。如果一头驴死了，就是生产队最大的损失。

我小的时候不爱干家务活。当时农村磨面用的是石磨，碾米和脱壳用的是石碾。据说，石磨在公元前2世纪的汉代中国就有了，而古罗马在公元前160年也已广泛使用；石碾也是从汉代开始就被人们用来碾米和脱粒了。逢年过节或有红白喜事的时候，由于需要碾磨的量大，通常使用畜力驱动石碾和石磨，但平时少量的碾磨，只能使用人力。母亲要我帮她碾米推磨时，我总有些不情愿，围着碾盘或磨盘转圈圈让人觉得枯燥无味。

蒸汽机最初只用于矿井排水。在瓦特把蒸汽机转变为旋转动力之后，蒸汽机就逐步替代人力和马力，成为石磨旋转的动力。1786年，瓦特和博尔顿在伦敦建立了大不列颠面粉厂，两台蒸汽机推动50对磨石，每周生产435吨的面粉。这个面粉厂的开设轰动了整个伦敦，来这里参观成为一种风气，搞得瓦特很不耐烦。

我老家的石磨和石碾从来没有被蒸汽机推动过，但在我离开家乡30年后，石磨和石碾基本上都被废弃了。村民们跨越了蒸汽机，直接进入内燃机和电动机时代，这或许就是人们说的"弯道超车"吧！

我的第二次工业革命

第一次工业革命主要发生在纺织和冶金这两个传统部门，第二次工业革命则创造了许多新的产业。第一次工业革命用蒸汽机动力代替了人力和畜力，第二次工业革命则用内燃机和电动机代替了蒸汽机。内燃机是德国人奥古斯特·奥托于1876年发明的，感应电动机是移民美国的塞尔维亚人尼古拉·特斯拉于1887年发明的。但直到我上初中之前，我们村里还没有内燃机，更没有电动机。

在黄土高原，能种庄稼的地都是些沟沟峁峁的山地，祖祖辈辈都是靠天吃饭。但不知从什么时候起，村民们还是用石头在沟里垒起了一些水地。

水地在当地被称为"园子"，只有少数园子可以引水灌溉，大部分只能靠人工浇灌。零散的小块园子靠挑水浇灌，稍大块的园子则使用一种叫"桔槔"的装置提水浇灌。桔槔是这样一个装置：在一个架空的横木中间垂直钩一个长木杠，长木杠的一端固定一块很重的石头，另一端用一个活动连杆挂着一个柳编水桶。提水的时候，操作者站在石墙半空凸出来的台阶上，用力将连杠向下拉，等水桶到达下面的水池灌满水后，再将手松开，靠着长木杠另一端石头的重力，水桶被提到适当的高度时，操作者将桶里的水倒入引水沟（图7）。如此往复不断，就可以灌溉大片的园子。

图 7　陕北的桔槔　　图 8　纽科门发明的　　图 9　古埃及的桔槔
　　　　　　　　　　　　 蒸汽机水泵

　　桔槔工作的时候，从远处看起来，酷似托马斯·纽科门于 1712 年发明的蒸汽机水泵（图 8），只是它的原动力来自人力，而非蒸汽。桔槔的英文名字叫"shaduf"，早在公元前 1500 年前，埃及人就用它提水了（图 9）。至于桔槔何时引入中国，不得而知。但从古埃及人最初发明到我们村的人弃之不用，有 3500 年之久，真是不可思议！

　　桔槔之所以被弃用，是因为柴油机的引进。

　　柴油机是内燃机的一种，它是由德国人鲁道夫·狄塞尔于 1892 年发明的，被认为是自瓦特分离式冷凝器之后动力生产方面最重要的发明。狄塞尔死后，柴油机经过一系列改进，在许多应用领域（包括火车、轮船、农业机械等）代替了蒸汽机，至今仍然是移动机械的重要动力。

　　大约在我上初中的时候，村里有了一台 6 马力的柴油机。柴油机配上一个水泵，就可以把沟里的水引到园子地里，轰动了全村人。只是这台柴油机老出问题，并没有立马替代桔槔。

后来公社又给我们村奖励了一台12马力的手扶拖拉机。这个德国西门子－舒克特公司于1911年首次制造的东西，70年后，终于出现在我们这个偏僻小村。手扶拖拉机马力不大，但又好像无所不能，农忙时耕地、脱粒、抽水，农闲时带动磨面机磨面，或者跑运输。

包产到户后，拖拉机被拆成部件分了，我以为农业机械化没希望了。但没过多久，村里好几户人家自己买了拖拉机，其中还有人买了面粉机和脱粒机，开始商业化运营。慢慢地，到20世纪90年代后期，石磨和石碾被淘汰了，桔槔也被弃之不用，牛、驴也没有人养了。

内燃机的最大影响发生在交通运输业。1886年，德国人卡尔·本茨和戈特利布·戴姆勒同时发明了内燃机驱动的汽车；22年后，美国人亨利·福特用自动组装线生产出了廉价的T型车，使得普通工薪阶层也能够买得起。到1930年，汽车已进入60%的美国家庭，美国由此成为"装在轮子上的国家"。

但我小的时候，方圆几十里内见过汽车的人还屈指可数，全村没有一辆自行车，人们出行的方式仍然是步行。让我既兴奋又恐惧的是，每年正月初二跟随父亲去探望改嫁远乡的奶奶，虽然路程不过50里，但好像有翻不完的山峁、走不完的沟壑，早晨出发傍晚才能到达。

1973年公路修到我们村，起因是5里外的邻村变成了全国农业学大寨的先进大队，省委第一书记要去视察，必须从我们村路过。当26辆吉普车队尘土飞扬地经过时，全村男女老少都站在硷畔上观看，真是大开眼界！

我到北京工作之后，每次回家探亲，县政府总会派车把我送到村里，走时又派车把我接到县城。据说这是对在外地工作的县团级干部的待遇，我虽然不是县团级干部，但他们觉得我有点名气，又在中央机关工作，所以就视同县团级对待。我自己也欣然接受这种安排，因为，从县城到我们村80里路程，没有班车，找顺风车也不方便。

在牛津读博士期间，我花了1000英镑买了一辆福特二手车，从此有了自己的小轿车。回国后，我又用免税指标买了一辆大众捷达车。记得直到1999年，光华管理学院大楼前平时还只孤零零停着我的一辆车，没想到几年之后，大楼前已是车满为患了。

更让我们没有想到的是，现在每次回老家，村里总停着几辆车，汽车在农村也已不再是稀罕物了，一个远房的堂弟还买了辆中巴跑班车，仍然住在村里的年轻人大多有摩托车。

据统计数据，中国城镇人口中每百户拥有的家用汽车在1999年只有0.34辆，2015年则达到30辆。虽然普及率还不及美国1930年全国水平的一半，但在汽车发明130年后，大部分中国城镇居民总算享受到了这个第二次工业革命的重要创新！

电力，是第二次工业革命的另一项重要创新。1882年，美国人托马斯·爱迪生在纽约曼哈顿建成了人类历史上第一个集中供电的照明系统，为电气化时代打开了大门。到1930年，美国近70%的人口都用上了电，1960年这一比例已达100%。列宁曾说过，共产主义就是苏维埃加电气化，但在我的家乡，苏维埃很早就捷足先登，电气化却是姗姗来迟。

从出生到去县城上高中之前，我没有见过电灯，村里人照明用的都是煤油灯或麻油灯（图10），有些家道贫困的人家连煤油灯也用不起，一到晚上就黑灯瞎火。有个流传的笑话说，一位客人在主人家吃晚饭，主人舍不得点灯，客人不高兴，就在主人家小孩的屁股上狠狠拧了一下，小孩顿时号啕大哭，客人说，快把灯点着，孩子看不见，把饭吃到鼻子里了。

父母鼓励我读书，说愿意为我多费二斤油钱。确实，村里好多人家就是因为怕花油钱，不让孩子晚上看书。为了省油，煤油灯的灯芯都很小，晚上在灯下看书的时候，头必须尽量靠近灯光，有时候打瞌睡，第二天上学的时候，头上就顶着一缕烧焦的头发，被同学们取笑。当时全村最亮的灯在生产大队的公用窑，是带玻璃罩的罩子灯（图11），比小煤油灯费油好几倍。

到县城上高中时，我第一次见到了电灯，不仅宿舍里有白炽灯，

图10 煤油灯　　图11 公窑才有的罩子灯　　图12 村里通电了

教室里还有日光灯。但电压总是不稳,时明时暗,还经常断电,罩子灯仍然是宿舍的必备。

1993年我在牛津读书期间,暑期回老家看望父母,听说两公里外的村子已经拉上电了,我们村因为县上没人说话就没有拉上。知道我认识县委书记,村民们专门到我家,希望我给县委书记说说,给我们村也拉电。我说了,但没有管用。想到村里人对我的期待,这事成了我的一块心病。几个朋友愿意帮忙,一共筹集了四万多块钱,1995年,我们村终于通电了(图12)!

通了电,村民的生活就完全不一样了。电不仅能照明,而且能带动家用电器和其他机械。从21世纪第一个十年开始,不少人家相继买了电视机、电冰箱、洗衣机、电风扇、电熨斗、空调等家用电器,这些第二次工业革命时期的重要发明,虽然在农村没有很大的实用价值，但还是有个别人家买了。村里也有了由电动机驱动的磨面机、碾米机、脱粒机、电锯。更重要的是，有了电动机，家家户户都可以用上自制的自来水系统，就是在比窑洞高的地方修一个封闭的蓄水池，把井水抽到蓄水池，水管连接到屋里，水龙头一打开，水就自动流出来了。我在农村的时候，每天早晚去井里挑水是一件很愁人的事，现在再没有人为挑水发愁了。

我的第三次工业革命

1978年4月，我离开老家去西安上大学。我从县城搭长途汽车到山西介休，再乘火车到西安。这是我第一次坐火车，也是第一次见到火车。火车是英国企业家斯蒂文森父子于1825年发明的，至1910年美国已修建了近40万公里的铁路，而到1978年，国土面积相当的中国只有5万公里铁路。

此时距离第一台大型数字计算机的发明已有32年，微型计算机产业正处于顶峰，比尔·盖茨和保罗·艾伦的微软公司已经成立3年，史蒂夫·乔布斯和斯蒂夫·沃兹尼亚克的苹果II个人计算机也已经上市一年了，但直到进入大学后，我才第一次听说计算机这个名词。一开始，我以为计算机就是用于加减乘除运算的，可以替代我当生产队会计时使用的算盘。算盘是中国人和埃及人在公元前400年前就使用的东西。但后来我就知道自己错了，计算机将替代的远不止算盘。

经济系一年级的课程有一门"计算机原理",记得第一次上课的时候,看到硕大无比的计算机感到很新奇。后来知道,1946年宾州大学研发的第一台计算机ENIAC重量接近30吨,长100英尺,高8英尺,占地面积相当于一间大教室。我们还学过二进位制、打孔卡原理和BASIC语言。但除了拿到考试成绩,整个本科四年和研究生三年期间,计算机对我的学习和生活没有发生任何影响。

1985年,我开始在北京国家机关工作。我所在的研究所买了两台电脑,但放在机房,神神秘秘,由专人看管,只有搞经济预测的人可以使用。单位还有一台四通电子打字机,由打字员操作。与手写复写纸、蜡纸刻字印刷以及传统打字机相比,电子打字机最大的好处是可以储存文本,反复修改。复写纸是在19世纪初由英国人雷夫·韦奇伍德发明的,蜡纸刻字印刷是爱迪生于1876年发明的,我在高中时和高中毕业返乡务农时都用过(图13)。英文打字机是克里斯托弗·肖尔斯等几个美国人于1867年发明的,中文打字机是山东留美学生祁暄于1915年发明的,我上高中时我们学校有一台(图14)。

我第一次使用计算机是1988年在牛津读书的时候。我把自己手写的两篇英文文章拿到学院计算机房输入计算机,然后用激光打印机在A4纸上打印出来。激光打印出来的字体真是漂亮,像印刷出版的书一样,让人无比兴奋(图15)。

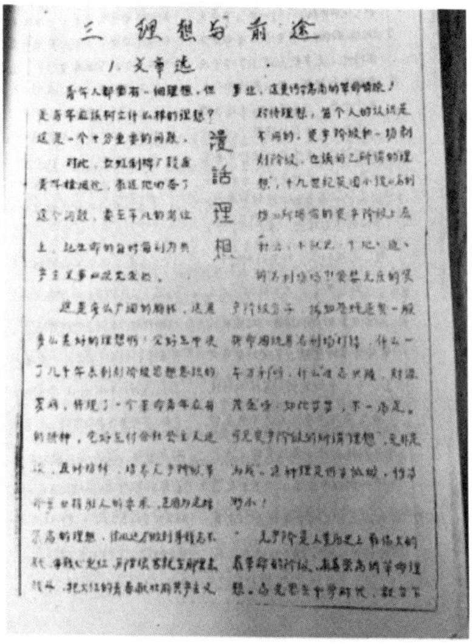

三　理想与前途

1. 文章选

漫話理想

图 13　蜡纸刻印高中毕业纪念册（1975 年）

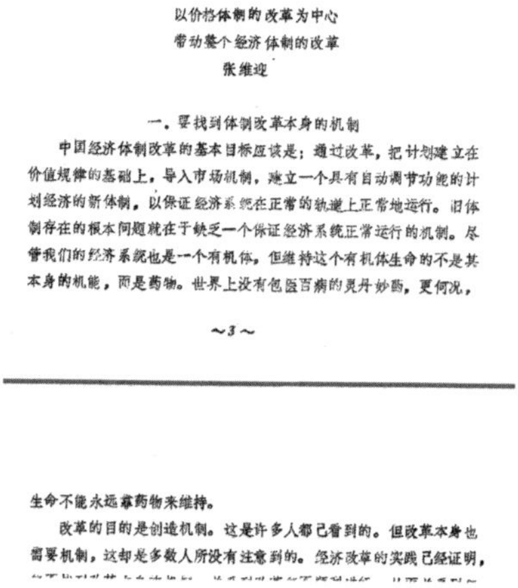

以价格体制的改革为中心

带动整个经济体制的改革

张维迎

一、要找到体制改革本身的机制

中国经济体制改革的基本目标应该是：通过改革，把计划建立在价值规律的基础上，导入市场机制，建立一个具有自动调节功能的计划经济的新体制，以保证经济系统在正常的轨道上正常地运行。旧体制存在的根本问题就在于缺乏一个保证经济系统正常运行的机制。尽管我们的经济系统也是一个有机体，但维持这个有机体生命的不是其本身的机能，而是药物。世界上没有包医百病的灵丹妙药，更何况，

～3～

生命不能永远靠药物来维持。

改革的目的是创造机制。这是许多人都已看到的。但改革本身也需要机制，这却是多数人所没有注意到的。经济改革的实践已经证明，

图 14　中文打字机印刷（1984 年）

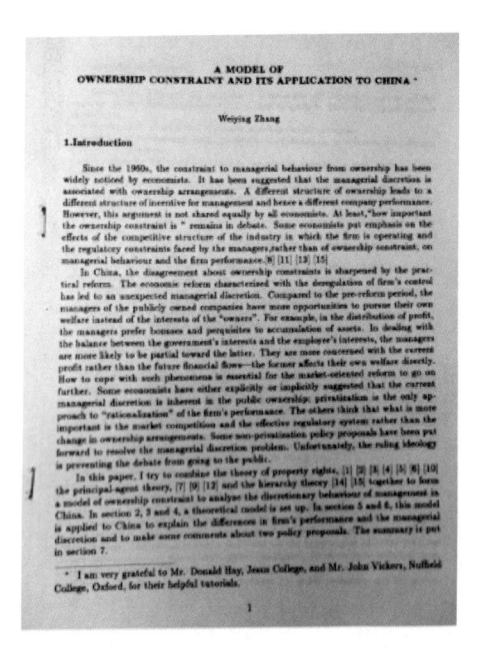

图 15　我的第一篇激光打印文章（1988 年）

激光真是一个神奇的东西。据说 1960 年刚发明激光器时，贝尔实验室的专利律师甚至不主张申请专利，因为它"没有什么实用价值"，但自与康宁公司 1970 年发明的光纤玻璃结合后，它就彻底改变了通信产业，并且变得无处不在。我第一次享受激光技术是在 1981 年，医生用激光切除了我脸上的一个痣。现在讲课时，我手里拿的是激光笔，不是粉笔。

1990 年 9 月，我回到牛津攻读博士学位时，买了一台 286 个人电脑，从此就告别了手写论文的时代。1994年回国时，我还把这台电脑托运回北京。但个人电脑技术的发展是如此之快，很快出现了486电脑，这台旧电脑的托运费也白交了。后来又有了桌面激光打印机，这样我就有了自己的桌面出版系统。之后还换过多少台电脑（包括笔记本电脑），自己也记不清楚了。

  计算机从公共教室那么大，变得办公桌上放得下（个人电脑）、书包里装得下（笔记本电脑），甚至口袋里揣得下（智能手机），从而使得普通人也能买得起，全仰仗于因特尔公司于1971年发明的微处理器。有了微处理器，个人电脑才成为可能。而微处理器建立在诺伊斯和基尔比于1959年发明的微芯片（集成电路）的基础上，而微芯片又以晶体管为基础。所以有人说，晶体管对数字时代的意义，相当于第一次工业革命时期的蒸汽机。

  晶体管是贝尔实验室的三位科学家于1947年发明的，不仅比真空管体积小、成本低、能耗少，而且不易损坏，其在消费设备上的第一个应用是德州仪器公司于1954年生产的袖珍收音机。在牛津读书期间，一位台湾来的同学送了我一个台湾产的袖珍收音机，虽然只有香烟盒大小，但音质非常好，让我爱不释手。回想起我在农村时吱吱啦啦的有线广播，真是天壤之别。

  对大部分人而言，一台孤立的电脑不过是一个文字处理机，我当初买个人电脑就是为了写论文方便。但多台计算机连接成一个网络，用处就大了。1969年，第一代互联网——阿帕网诞生了。1971年，阿帕网的第一个热门应用——电子邮件诞生了。1992年后，我自己也开始用电子邮件了，但当时国内的人还无法使用电子邮件。1993年在筹办中国经济研究中心时，我们向北京大学校领导提的一个要求就是，给我们通电子邮箱。这个愿望被满足了。但没过多久，北大所有的教员都可以使用电子邮箱了。几年之后，中国就进入互联网时代了。

记得1993年12月我儿子在牛津出生的消息，我还是先通过国际长途电话告诉国内亲戚，然后再由这位亲戚发电报告诉老家的父母的。美国人萨缪尔·莫尔斯于1844年开通了第一条长途电报线路，最初一条电报线只能发送一个频率。亚历山大·贝尔想让一条线路同时发送多个频率，结果于1876年发明了电话。到1930年，美国家庭电话的普及率已达到40%，但至1978年时，除了少数政府高级官员家里装有公费电话外，中国普通老百姓家庭的电话普及率几乎为0。我在农村的时候，生产大队的公窑里有一部手摇电话，一根电话线串着好几个村，通话时必须大喊大叫才行；拨往不同线路的电话需要人工交换机转接，全公社只有一个交换机，接线员是很让人羡慕的工作。

转盘拨号电话是美国人阿尔蒙·斯特罗格于1891年发明的，

按键拨号电话是贝尔公司于1963年发明的（必须有晶体管电子元件）。上大学之前，我没有见过转盘拨号电话，更没有见过按键拨号电话，因为连县长办公室的电话都是手摇的。我第一次使用转盘拨号电话是1982年上研究生期间，那是在校门口的一个公用电话，还是路过的一位老师教我怎么拨号的。在牛津读书期间，偶尔给国内家人打一次长途电话，心跳得比电话上显示的英镑数字蹦得还快。当时国际长途电话很贵，从牛津到北京，每分钟的费用在3英镑以上。

我第一次安装家用电话是留学回国的1994年，也就是贝尔发明电话118年后。当时安装电话要先申请，缴纳5000元的初装费后，再排队等候。后来初装费取消了，但我早已缴过了。1999年，我开始使用移动电话，家里的固定电话就很少用了。

但很长时间，我还是没有办法和老家的父母通电话，直到老家农村也可以安装电话为止。我最后一次收到姐姐写的家信是在2000年。

2006年之后，老家农村也有移动电话信号了。我给父母买了一部手机，母亲高兴得不得了，可惜她的信息时代来得太迟了。2008年母亲下葬的时候，我把她心爱的手机放在她身边，希望她在九泉之下也能听到儿子的声音。

自从用上智能手机，短期出差我不再带笔记本电脑，也不带相机了。有了智能手机，我与父亲不仅可以通话，也可以用微信视频。

父亲现在住在榆林城里，春节时能与村里的乡亲们手机拜年，他很开心。

2017年8月，我带几位朋友去了一趟我们村。朋友们有心，给村里每户人家带了一条烟、一瓶酒。我正发愁如何通知大家来领，村支书告诉我，他可以在微信群里通知一下。傍晚时分，乡亲们果真都来了，烟和酒一件不剩被领走了。回想起我在农村时，村支书需要用铁皮卷成的喇叭筒大喊大叫很久，才能把全村人召集在一起，真是今非昔比。

结束语

我祖父于1943年去世，当时只有30岁，父亲刚刚12岁。祖父出生的时候（1913年），第二次工业革命的绝大部分新技术和新产品都已发明出来并投入商业化使用，他去世的时候，西方发达国家已经进入第二次工业革命的尾声，但他连第一次工业革命也没有经历过。在他短暂的一生中，吃的、穿的、用的与他的祖父时代没有什么区别。

父亲比祖父幸运，他和我一起经历了三次工业革命。他下半辈子吃的、穿的、用的与祖父在世时大不相同，也与他自己的前半辈子有很大不同。他坐过火车、飞机、汽车，在我写这篇文章时，也许正在看着电视、用着手机。

我比父亲更幸运，因为每次工业革命我都比他早几年经历。我坐火车比他早，坐飞机比他早，坐汽车比他早，看电视比他早，用手机比他早。我还会上网购物，他不会。

我的幸运是托中国市场化改革开放的福。正是改革开放，使得像我这样的普通中国人有机会享受到人类过去三百年的发明和创造，即便我自己并没有对这些发明和创造做出任何贡献。这或许就是经济学家讲的创新的"外溢效应"吧！生活在世界经济共同体，真是一件好事。

据说第四次工业革命已经在美国的引领下开始了。如果中国晚40年改革开放，我就得从后半生开始，和我儿子一起同时经历四次工业革命。如果那样，我敢肯定，未来40年中国经济增长率会比过去40年的实际增长率还要高，更让世界瞩目。但我还是庆幸，历史没有这样前行。

作为经济学家，在享受三次工业革命成果的同时，我还是期待着我们的国家，能在未来第四次工业革命中做出原创性的技术贡献，而不再只是一个搭便车者。我知道，九泉之下的杨小凯先生会立马警告说，这要看中国能否走出"后发劣势"陷阱。

（2017年12月9日完成初稿，12月30日修改定稿。全文曾发表于《经济观察报》2018年1月8日观察家版。）

人生是一连串的偶然

我始终觉得,人生不是设计出来的。我相信,人类要进步,就得有一种超越现实、超越功利的想法。有这样一批人,我们的社会才能进步。我不能说自己有多伟大,只是觉得我应该按我的信仰、我的理念去做。我不在乎别人怎么说我,但我会思考自己说出来的是不是代表自己认知的逻辑,是不是符合人类的理性。如果达到这一点,我觉得就可以了。我很喜欢这种生活。

我在老家高粱地

（一）

正如本文标题所显示的，我始终觉得，人生不是设计出来的。现在有很多年轻人在设计自己的人生，父母们也在帮助孩子设计人生，甚至专门请一些做咨询的人来设计人生。但根据我自己的体会，人生其实是一连串的偶然。

现在大家叫我经济学家，可我当初并没有想当经济学家。我上大学的时候，填报的专业没有一个是经济学。我报过中文、历史、新闻，但就是没有经济学。当时我们上大学可以填四个志愿，我记得我报的第一个志愿是西北大学，第二个志愿是延安大学，第三个志愿是北京广播学院，现在叫中国传媒大学。报完三个专业后，还空了一个格，我想空着也不好，所以就填了一个北京大学。北京大学是我的第四志愿，不是因为我看不上北京大学，而是因为我知道我肯定上不了北京大学。让我没有想到的是，16年后，我成了北京大学的老师。我报的中文、历史、新闻专业都没有录取我，那一年直到正月十五过了，各院校录取通知书都发完了，我都没有接到录取通知，这意味着我上不了大学了。

后来我是怎么上大学的呢？当年有几百万考生，只录取了28万大学生，有很多老三届考生成绩考得很好，但由于年龄大了或者政审问题没有被录取，他们就给邓小平写信。邓小平批示扩大招生，于是我就被卷进去了。本来扩大招生主要是针对那些年龄大、成绩好而没上大学的人，每个专业增加名额，把他们招进来，而西北大学的何炼成教授决定利用这个机会，在西北大学申请设立一个新的专业，这个新的专业就是政治经济学。因为西北大学原来没有这个专业，自然也就没有人报，只能从别的专业的申请人中选。当时西北大学有"八大金刚"——也就是八个政治经济学老师，他们去省招生办把所有剩下的文科生档案都拿来，摊了一地，花了几天时间，一个一个挑，最后我也被挑了进去。

我现在想起来还后怕！我的专业绝对不是设计出来的，是偶然。如果西北大学不扩招，或者不设这个新专业，或者设了这个专业但收到几千份申请，没有把我挑进去，我就上不了大学了，那么我今天可能也就不会搞经济学了。

念了经济学以后，我发现自己还是蛮喜欢这门学科的，从此之后就再也没有偏离这个领域。与现在不同，当时大学里理工科的同

大学毕业时与小组同学合影留念

学看不起学文科的同学，文科里面学中文、历史、哲学的同学又看不起学政治经济学的同学。这是当时的基本状况。我想这对年轻人来讲也是一个启示，今天热门的专业等你毕业、就业之后未必还是热门的，这期间的变化可能非常大。我也经常被很多家长咨询：我的孩子应该报什么专业？我告诉他们，孩子喜欢什么就报什么，不要考虑今天的潮流，若干年以后一切都会不一样。我们毕业的时候，没人愿意去银行工作。谁会去银行工作啊？现在，多少人抢着进银行都进不去。

到北京工作对我的人生来说很重要，但是我来北京其实也是一

大学时期照片

种偶然，这个偶然又是由好多事情串在一块儿的，这个我后面再讲。

1982年，我很幸运地考上了研究生，但当时我考研究生的目的并不是想搞经济学研究，而是因为当时有一个政策，大学生毕业以后要从哪儿来就回哪儿去。我来自陕北，按政策我得回到老家的县里工作。我当然不想回去，所以唯一的办法就是考研究生。

城里学生那时候不太愿意考研究生，甚至看不上研究生。西安的同学毕业之后凭户口就可以留在西安，只有像我们这些从边远地区来的无法留在西安的学生，才会把考研究生当作一个留在西安的办法。于是，我就上了研究生，为的是未来在西安找一个工作。

（二）

1982年2月，在西安召开了全国数量经济学第一次讨论会，这个会议由北京的一些大人物组织召开，但开会地点在西安，由我就读研究生的西北大学经济系承办，我因此被指定做会议秘书。所谓秘书，就是做一些跑腿的事，像复印材料、去车站接人之类的工作。然而，参加会议的人中有几个人对我影响很大，其中就有杨小凯先生。

杨小凯教授几年前去世了。他非常了不起，曾坐了10年牢，在牢里面碰到一个数学家，这个数学家教他数学。出狱之后恰逢社科院在全国公开招研究生，他考上了，但因为他当时还没有被平反，政审通不过，所以不能入学。

当时的武汉大学校长刘道玉先生知道了这个情况，就录用他为讲师，他在此时开始写书。普林斯顿大学的华人教授邹至庄先生发现杨小凯以后，便希望他去普林斯顿大学读书，几经波折才最后成行。他的故事大家可能都知道，他后来对主流的新古典经济学提出挑战，做得非常优秀，在澳大利亚当教授。他在50多岁的时候得了癌症去世了，非常可惜。我第一次听他讲自己的分工理论就是在西安的会议上，之后我们一直保持着联系。我认为他是华人里面最杰出的经济学家之一，也是我的榜样。

1982年碰到杨小凯先生等人之后，我的思路就打开了。此前，我读的基本都是马克思政治经济学的东西，而在认识他们之后，我的世界突然开了一扇窗，让我看得更远、看得更亮，决定了我后来走的道路。

1984年春节过后，我来到北京，开始在北京搞一些研究，包括后来写论文，这个很重要。由于《为"钱"正名》那篇文章，我认识了很多北京的年轻人，特别是农发组的人，还有体改委和经济日报社的人，和他们很谈得来，于是我决定毕业后到北京工作。那时候，来北京不太容易，我们西北大学是一个地方大学，不是教育部管的全国性大学，毕业分配是没有北京名额的，要来北京不得不费一番周折。

来北京以后，我观察到现实中的投机倒把很厉害，中央不断发令坚决打击违反价格政策的行为。我顺着这个思路，思考为什么市场上会出现这么多的违法乱纪或者不遵守价格政策的现象，肯定是价格本身有问题。当时，中央领导也认识到价格要调整，但是他们的思路停留在怎么调，是大调还是小调，所以买了大型计算机，成立了价格中心，开始计算价格。

我从一开始就有这样一种疑问，价格这东西怎么能计算呢？每个人都参与买卖，怎么可能会有一个聪明的人把价格计算出来呢？

1983年8月9日发表在《中国青年报》上的《为"钱"正名》

我觉得这是不可能的,就写了篇题为《以价格体制的改革为中心,带动整个经济体制的改革》的文章。文章的核心结论是:价格是不能计算的,要有正确的价格只能靠市场;中国价格改革不应该以调整作为思路,应该以放开作为思路。

那么,怎么放开呢?当然不可能一下子放开,因为价格涉及福利、财政、通货膨胀等多方面的问题。当时城市居民买东西都要凭票证,票证意味着你付的价格比真实的价格低,如果价格放开,每个人的利益都会受损,大家肯定不高兴,甚至会闹事。价格放开必须一步步来,计划内的管住,计划外的放开,这就是双轨

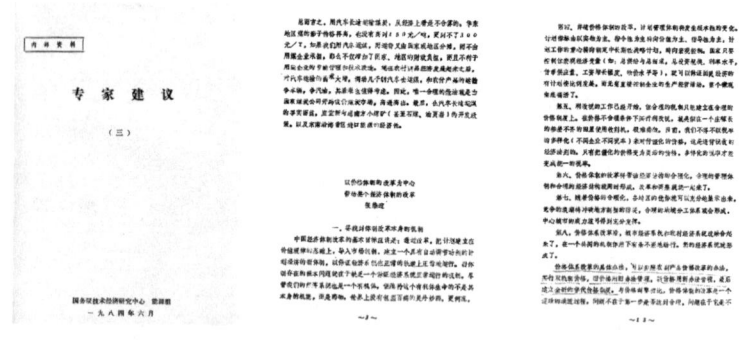

刊印"双轨制价格改革"文章的内部刊物封面及部分正文

制。然后再逐步将计划内的慢慢放开,最后变成市场单轨制。这就是我的价格改革思路。当时,提出这个思路是冒着风险的,官方意识形态不接受这个思路,主流的看法是,在社会主义计划经济中,价格必须由政府定,至少主要生产资料价格和消费品价格应该是这样。

但是我很兴奋,觉得这是一个跟大家都不一样的思路。后来开了莫干山会议,我凭借这篇文章参加了莫干山会议。我曾看到莫干山会议论文审稿档案,在档案中,我发现对我的论文,第一审的意见是"此稿不用"。但可能他们审完之后发现合格的稿子不够,于是再次进行审查。第二审认为"此稿很好",我就被录取参加了这个会议。在莫干山会议上,价格改革成了一个最热的问题。最热是因为我提的这个思路跟大家的都不太一样,这是一个突破性的思路。

我有时候说，现在的改革也是这样，有时候就是思路问题，方案再缜密，思路不对也是没有用的。现在搞顶层设计也是一样，当时的价格改革也是一种顶层设计，要计算出一个合理的价格，但这是不行的，因为思路错了。

这个价格改革思路使我稍微有了一点名气，和以前受批判时的名气不一样，这次我得到了正面的评价。这为我提供了一个机会，后来我就来到国家体改委工作，正式进了北京。

所以说，我到北京工作本身是一个偶然事件。

（三）

来到北京之后，我发现从外地来到北京的人，包括在学术界，都是有圈子的。经济学界，社科院是一个圈子，北大是一个圈子，人大是一个圈子。我试图摸索着慢慢进入这个系统，但是一直没能完全进入，只是以自己的观点来得到大家的一点认可。

我记得我原来的领导，也就是体改所的所长，也是陕西人，他对我也不错。1989年5月13日，我正准备回西安讲课。当时他腿受伤了，出院后在家里休息。我去看望他，他对我说："维迎，你什么都好，但是有一点是有问题的。"

高尚全（左二）招我进入体改所

我说："什么问题？"

"政治上不成熟。"

我说："谢谢领导，我以后一定注意。"

对于他说的"政治上不成熟"，我的理解是，我说话太直率，不够圆滑，经常说一些跟领导意见不一致的观点，容易得罪人，容易惹麻烦。

但我一直坚持了下来，包括后来去牛津上大学。坦率地讲，如果没有到牛津读博士的话，我可能没有信心继续从事经济学研究。我的好多同事后来都下海赚钱去了，也有极少数当官的。但是我喜欢学术研究，我1987年10月去了牛津大学，进修了一年多，牛津大学决定让我继续读博士。

不过在我刚准备去牛津读博士的时候，去不了了。为什么去不了？当时的环境下，我们体改所的人是不允许出国的。我去找领导，工作组组长就说，你有这个问题，去不了。我便想办法找人把这个问题解决了。他又说，你有那个问题，去不了。我折腾了一大圈，后来发现有的人说话很有意思，他不会一下子告诉你有哪几个问题，而是先告诉你一个问题，你解决了再说第二个问题，第二个问题解决了又有第三个问题，第三个问题解决了还有第四个问题。他已经决定不让你去，就先找一个借口，如果你无法突破，那就很省事；如果突破了，就再找另外一个借口。

但我还是孜孜不倦地努力，我的奖学金是世界银行给的，世界银行驻中国代表处的首任首席代表林重庚先生专门找国家体改委的领导谈这个问题。他说："中国政府说要继续改革开放，但像张维迎这样的情况，连去牛津读书都不能去的话，让我们局外人怎么能够相信你们还会继续改革开放？"

一直拖到1990年夏天，终于允许我调动工作单位。我就赶快行动，在朋友们的帮助下，我调到国务院发展研究中心下属的管理世界杂志社，这是中国非常重要的一个杂志。我当时是这个杂志的编委，与总编、副总编都熟悉，他们愿意帮我的忙。但到了杂志社，办手续仍然有不少麻烦。比方说，那时候出国有一条规定，必须有

与林重庚先生合影（2019年）

司局级以上单位机构人事部门开具的证明，才能办护照。这对我来说，又是一个难题。因为如果我找国务院发展研究中心，肯定是开不到证明的，而管理世界杂志社是一个事业单位，级别不明不白，说是司局级又不是司局级，在国家编制里面没有正式位置。

所以，我犯了难，怎么才能申请到护照？他们给我出了一个主意：我们管理世界杂志社办过中国工业企业五百强展览，当时的中央主要领导都参加了，杂志封底有照片，你把这个拿上试试。如果他们怀疑我们不是司局级单位的话，就给他们看。万一这个东西还不能证明管理世界杂志社是司局级单位，你再试一下这个单位买车证明。那时候单位买车要控制指标，管理世界杂志社的买车证明是这么写的："国务院发展研究中心领导：我单位属于司局级单位，需要购买小轿车一辆，请予批准。"国务院发展研究中心领导批示"情况属实"，然后在上面盖了一个大公章。他们把买车证明给了我，而且给的是原件。

我拿着这些材料去北京市出入境管理局，把护照申请材料递进窗口。

"这个管理世界杂志社算什么单位？"

"司局级单位。"

"怎么证明？"

我就把杂志拿出来，说："你看，中央主要领导都参加过我们的活动。"

"这不能证明你们是司局级单位。"

我又赶快把买车证明拿出来，说："你看，我刚给我们单位买过车，刚好这有一个证明。"

窗口里面的人看了看，说："这还行，这个能留下来吗？"

"行，行……"

第三个"行"刚到嘴边，又咽了下去，我担心工作人员起疑心。我得镇静点。

当窗口传来"好了，下一个"，我才算松了口气。

这样才拿到护照。这也是偶然。

当时牛津的位置只保留一年，如果那年再办不成，我肯定就出不去了，之后的故事就跟今天完全不一样了。

没想到，申请签证时又出了点问题。我把签证申请递交上去后，签证迟迟下不来，这让我很疑惑，很焦虑。我询问后得知是因为生日对不上。我的生日是农历十月初一。1987年去英国用的是公务护照，填写生日一栏时，我写了"11月1日"，因为我记得我查过，1959年农历的十月初一就是公历的11月1日。但这次因私护照上的生日必须是身份证上的生日，也就是10月1日。幸运的是，我太太不久前调到一个香港人办的英文杂志社工作，刚刚采访过英国驻华大使的夫人。这样，通过大使夫人的关系，我才拿到签证。

我一拿到签证，就赶快让世行买机票，直飞伦敦。世行北京办事处的人非常帮忙。那时候离开学还有将近一个月，但我担心万一再拖一天就出不去了。

我出去之后，体改委有一些领导发现张维迎出国了。他们奇怪，怎么晚了一年还出去了？就追查是谁把我放出去的。这成了大问题。查到管理世界杂志社，管理世界杂志社也紧张了，只好报告给国务院发展研究中心，中心主任孙尚清把责任揽了下来，回复体改委说："张维迎既然已经调到我们这儿了，就是我们的人，我们当然有权让他出去。与你们无关。"就这样，这个事被压了下来。这后面的

与孙尚清先生在牛津大学（1991年12月19日）

故事，我是1994年回来后才知道的。我在牛津时还接待过孙尚清先生，当时还不知道背后的故事。孙尚清真是个好人！

（四）

坦率地讲，我当时出去以后，并不想回来，但是1992年邓小平南方谈话对我的影响很大，我开始想要回国了。

邓小平南方谈话以后，大家说话的口气都变了，那时候我的大学同学冯仑的公司在海南，还不叫万通，他对我说："你毕业以后回来吧，我们一定让你们过上跟在英国一样的生活。"

决定回国时，我已经不想去政府工作了。我还是想搞学问，就

与林毅夫、易纲和胡代光夫妇合影(1994年)

1994年在北大讲授博弈论

想去大学。1993年5月，我曾给清华大学校长张孝文写过一封信，谈了在清华大学办经济研究机构或者经济系的设想。在海南参加会议时，我碰到了林毅夫和易纲，我们三个人一拍即合，决定一起在北大办个新的经济研究机构。北大吴树青校长非常支持，后来就在北大成立了中国经济研究中心（CCER）。

我当院长也是阴差阳错。我自身想搞学问，我喜欢教书，从没想过要做行政工作。但1999年1月北大光华管理学院换届，校领导在没找我谈话的情况下，任命我为第一副院长。当时的院长是厉以宁教授，第一副院长主持日常工作，对我来说是个意外。但既然要做，那就认真地做，我很快就提出了一整套设想，包括大刀阔斧地改革、引进人才。

当时引进了一个牛津博士毕业的德国人，但他总是自觉高人一等，三个月之后就被我开除了。当时院里分配给他一间办公室，他嫌小，说："我是德国人，经常接待我们国家来的人，这么小的办公室会给学院丢人。"我说："我们所有的教授都是这样规格的办公室，何况你还只是副教授。"他说："那你的办公室怎么这么大？"我说因为我是主持学院工作的副院长。过了一段时间，他将半年的课压缩到两个月讲完，之后没有通知我便回德国去了。我就很恼火，给他写了一封信："对不起，我们要终止与你的合同了，因为你没有遵守我们的约定。"后来他写信给学校领导告我，我还写了一个很长的解释。

2000 年与厉以宁院长

我们政府老说吸引人才,但待遇太低确实很难吸引到人才。我们一个教授一年的工资几万块钱已经算不错了。但光华管理学院引进的讲师年薪可以达到 24 万元,副教授可以达到 32 万元,教授 40 多万元,当时 24 万元人民币等于 3 万美元。这个改革力度相当大,大家可以想象一下,在一个单位里面,工作几十年的人拿到的工资只是刚来的人的几分之一,现在想起来都有点后怕。为什么当时能够推动这样的政策?改革是大势,改革的事能够放在桌面上谈:我们应该办成世界一流的商学院,大家同意不同意?同意。办成一流商学院没有一流的老师行不行?不行。怎么弄来一流老师?引进人才。靠现在的工资能不能引进?不能引进。所以一定要涨工资!逻辑就是这样的。

现在中国很多商学院的做法应该都是步我们的后尘。曾有一个大学老师说，都是张维迎惹的祸，本来不搞这些改革，大家平静日子过得很好，他在北大这么一折腾，其他商学院不动也不行了，就带来一系列问题，搞得鸡犬不宁。

我在光华做了一段时间，学校领导想让我到学校做，任命了我一个协助管人事的工作——校长助理。任命下达了三天，开会时我就提出一份人事改革建议书。一开始，大家都觉得，太着急了，刚给你一点位置，就一点机会都不浪费。但是，我写的改革建议很有说服力，所以在会议上几乎把所有人都说服了。我也很高兴，好多人还是希望改革的，希望把学校建设好。没想到麻烦在后面。当时，学校成立了一个改革方案起草工作小组，我负责起草这件事，那是2003年春天，刚好赶上SARS（严重急性呼吸综合征）暴发，学校没法开会，就把材料发下去，结果有人把这份材料直接发在了网上，很快就有很多人上网骂我。

我因此得罪了不少人。我觉得自己还是一心做好事，但是别人不一定也这样认为。反对的声音用各种方式来批判我，包括人身攻击。有人说，我是在用企业的逻辑改造大学，因为我是研究企业理论的。为了应战，我后来出了一本《大学的逻辑》。许多大学的领导说他们读过这本书，很喜欢。

在这个过程中，我甚至觉得学校是中国改革最落后的领域。大学还有一个特点，就是每个人都自以为是。知识分子都有这个特点，谁都不认为自己技不如人，谁都不认为自己不如别人正确或者不如别人有思想，所以吵得非常厉害。

学校党委换届选举，我的票数是倒数第一，但我不在乎。那天中午，许智宏校长给我打电话说："维迎，我听大家反映，你在凤凰卫视的《世纪大讲堂》里面批评北大。我专门看了，我觉得你说得没错，你的意见是积极的、建设性的，并不是他们说的那样。但是我要事先告诉你，下午投票可能过不了。"我说："那没关系。"当然我也没想到结果那么惨，居然倒数第一。

很多人觉得北大改革失败了，但我必须说，至少在改革的精神上没有失败，这种尝试还是起了很大的作用。有时候改革不在于口号，甚至不在于方案，而在于实际执行的人是什么样的心态。

（五）

2010年年底，我卸任北京大学光华管理学院院长职务。这对我来说真是天赐良机。我在那个时候已经很疲倦，老在犹豫这个事干还是不干。有人说，为了学院的利益你必须得干，你招来这么多人，你就得担起一种责任。另外，我确实很疲劳，有点不太想干。这时候，别人帮我解决了这个问题，解决了我的困惑，我不需要再干了。后来，我自己想了想，觉得我适合提出思想，不适合去具体操作。

此前国外好多人都已经知道我当了北大光华管理学院院长,他们公认,不要说中国,全世界要找这样的院长也不是很容易。所以,我在国外的商学院院长中还是很受尊重的,到现在很多人仍然说起我。国内的好多院长对我也很尊重,因为我确实起了一个头,才引发了这些改革。

对我来说,读书、思考、写书、演讲、教书是我最擅长的事,由于这样一件阴差阳错的事,我又回到了我擅长的事情上来。《博弈与社会》这本书我写了8年,我真正领悟到,人类所有的进步都来自人与人之间的合作,这本书的主题就是人与人之间如何更好地合作。我们有各种文化、法律、制度甚至战略,其实都是在促进合作。

在这本书的最后一章里,我讲的是制度企业家,讲的是伟大的思想家,像古代的苏格拉底、孔子、耶稣这一类人,他们建立了人类的游戏规则,但在他们活着的时候,从常人的角度来讲,都生活得不幸福,苏格拉底被判死刑,孔子如丧家之犬颠沛流离,耶稣在十字架上被钉死了,但他们有一种理念、一种信仰、一种对人类崇高的爱。

我在这几十年中,听到的最多的劝告就是:"维迎,你说话注意点,小心点!"大家都对我很爱护。但是,我相信,人类要进步,就得有一种超越现实、超越功利的想法。有这样一批人,我们的社会才能进步。我不能说自己有多伟大,只是觉得我应该按我的信仰、

在苏格兰寇克卡迪亚当·斯密故居（2018年6月24日）

我的理念去做。我不在乎别人怎么说我,但我会思考自己说出来的是不是代表自己认知的逻辑,是不是符合人类的理性。如果达到这一点,我觉得就可以了。我很喜欢这种生活。

(本文曾收录在《人生是一连串的偶然》,中国金融博物馆书院编,浙江大学出版社 2014 年 10 月出版。2020 年 8 月 1 日进一步修改定稿。)